欢乐颂

刘慈欣 等◎著

北方联合出版传媒(集团)股份有限公司
万卷出版有限责任公司

© 刘慈欣等 2022

图书在版编目（CIP）数据

欢乐颂 / 刘慈欣等著 . -- 沈阳 : 万卷出版有限责任公司，
2022.6

ISBN 978-7-5470-5910-4

Ⅰ . ①欢… Ⅱ . ①刘… Ⅲ . ①中篇小说—小说集—中
国—当代②短篇小说—小说集—中国—当代 Ⅳ .
① I247.7

中国版本图书馆 CIP 数据核字（2022）第 001929 号

出 品 人：王维良
出版发行：北方联合出版传媒（集团）股份有限公司
　　　　　万卷出版有限责任公司
　　　　　（地址：沈阳市和平区十一纬路 29 号　邮编：110003）
印 刷 者：北京欣睿虹彩印刷有限公司
经 销 者：全国新华书店
幅面尺寸：145mm×210mm
字　　数：240 千字
印　　张：8.625
出版时间：2022 年 6 月第 1 版
印刷时间：2022 年 6 月第 1 次印刷
责任编辑：王　越
责任校对：张　莹
装帧设计：平　平
ISBN 978-7-5470-5910-4
定　　价：48.00 元
联系电话：024-23284090
传　　真：024-23284448

常年法律顾问：王　伟　版权所有　侵权必究　举报电话：024-23284090
如有印装质量问题，请与印刷厂联系。联系电话：010-61529480

目录

欢乐颂 / 刘慈欣

弹奏太阳

一　音乐会

为最后一届 GA（Global Association）大会闭幕举行的音乐会是一场阴郁的音乐会。

自 21 世纪初某些恶劣的先例之后，各国都对 GA 采取了一种更加实用的态度，认为将它作为实现自己利益的工具是理所应当的，进而对 GA 宪章都有了自己的更为实用的理解——中小国家纷纷挑战常任理事国的权威，而每一个常任理事国都认为自己在这个组织中应该具有更大的权威，结果是 GA 丧失了一切权威。

当这种趋势发展了十年后，所有的拯救努力都已失败，人们一致认为，GA 和它所代表的理想主义都不再适用于今天的世界，是摆脱它们的时候了。

最后一届 GA 大会是各国首脑到得最齐的一届，他们要为 GA 举行一场最隆重的葬礼。

这场在大厦外的草坪上举行的音乐会是这场葬礼的最后一项活动。

太阳已落下去好一会儿了，这是昼与夜最后交接的时候，也是一天中最迷人的时候。这时，令人疲倦的现实的细节已被渐浓的暮色掩盖，夕阳最后的余晖把世界最美的一面映照出来，草坪上充满嫩芽的气息。

GA 秘书长最后到来，在走进草坪时，他遇到了今晚音乐会的主要演奏者之一的克莱德曼，并很高兴地与他交谈起来。

"您的琴声使我陶醉。"他微笑着对钢琴王子说。

克莱德曼穿着他最喜欢的那身雪白的西装，看上去很不安，"如果真是这样，我万分欣喜，但据我所知，对请我来参加这样的音乐会，人们有些看法……"

其实不仅仅是看法，教科文组织的总干事——同时是一名艺术理论家，公开说克莱德曼顶多是一名街头艺人的水平，他的演奏是对钢琴艺术的亵渎。

秘书长抬起一只手制止他说下去："GA 不能像古典音乐那样高高在上，如同您架起的那座由古典音乐通向大众的桥梁一样，它应把人类最崇高的理想播撒到每个普通人身边，这是我今晚请您来的原因。请相信，我曾在非洲炎热、肮脏的贫民窟中听过您的琴声，那时，我心生一种在阴沟里仰望星空的感觉，它真的使我陶醉。"

　　克莱德曼指了指草坪上的首脑们:"我觉得这里充满了家庭的气氛。"

　　秘书长也向那边看了一眼:"至少在今夜的这块草坪上,乌托邦还是现实的。"

　　秘书长走上草坪,来到了观众席的前排。本来,在这个美好的夜晚,他打算把自己政治家的第六感关闭,做一个普通的听众,但这不可能做到。在走向这里时,他的第六感注意到了一件事:正在同 A 国总统交谈的 C 国国家主席抬头看了一眼天空。本来这是个十分平常的动作,但秘书长注意到他仰头观看的时间稍微长了一些,也许只长了一两秒钟,但他注意到了。当秘书长同前排的各国首脑依次握手、致意后坐下时,旁边的 C 国主席又抬头看了一眼天空,这证实了刚才的猜测,国家首脑的举止看似随意,实际上都暗含深意,在正常情况下,后面这个动作是绝对不会出现的,A 国总统也注意到了这一点。

　　"N 市的灯火使星空黯淡了许多,W 市的星空比这个更灿烂。"总统说。

　　C 国主席点点头,没有说话。

　　A 国总统接着说:"我也喜欢仰望星空,在变幻不定的历史进程中,我们这样的职业最需要一个永恒稳固的参照物。"

　　"这种稳固只是一种幻觉。"C 国主席说。

　　"为什么这么说呢?"

C国主席没有回答，指着空中刚刚出现的群星说："您看，那是南十字座，那是大犬座。"

A国总统笑着说："您刚刚证明了星空的稳固——在一万年前，如果这里站着一位原始人，他看到的南十字座和大犬座的形状一定与我们现在看到的完全一样，这星座的名字可能就是他们首先想出来的。"

"不，总统先生，事实上，昨天这里的星空可能与今天不同。"C国主席第三次仰望星空，他脸色平静，但严肃的目光使秘书长和总统都暗暗紧张起来，他们也抬头看天，这是他们见过无数次的、宁静的夜空，没有什么异样，他们都好奇地看着主席。

"我刚才指出的那两个星座，应该只能在南半球看到。"C国主席说，他没有再次向他们指出那些星座，也没有再看星空，双眼沉思着平视前方。

秘书长和A国总统迷惑地看着主席。

"我们现在看到的是地球另一面的星空。"C国主席平静地说。

"您……开玩笑？！"A国总统差点失声惊叫起来，但他控制住了自己，声音反而比刚才更低了。

"看，那是什么？"秘书长指指天顶说，为不惊动他人，他的手只举到与眼睛平齐。

"当然是月亮。"A国总统向正上方看了一眼说，看看旁边的C

国主席，缓慢地摇了摇头。他又抬头看，这次对自己的判断产生了怀疑。初看去，天空中那个半圆形的东西很像半盈的月亮，但它呈蔚蓝色，仿佛是白昼的蓝天褪去时被粘下了一小片。A国总统仰头仔细观察天空中的那个蓝色半圆，一旦集中精神，他那敏锐的观察力就表现出来了。他伸出一根手指，用它作为一把尺子量着这个蓝月亮，说："它在扩大。"

他们三个都仰着头，目不转睛地盯着看，不再顾及是否惊动了别人，两边和后面的各国首脑都注意到了他们的动作，有更多的人抬头向那个方向看，露天舞台上乐队调试乐器的声音戛然而止。

这时，已经可以肯定那个蓝色的半球不是月亮，因为它的直径已膨胀到月亮的一倍左右，在它的另一处在黑暗中的半球上可以看清一些细节，人们发现它的表面并非全部都是蓝色，还有一些黄褐色的区域。

"天啊，那不是北美洲吗？！"有人惊叫。他是对的，人们看到了那熟悉的大陆形状，它此时正处在球体上明亮与黑暗的交界处。不知是否有人想到，这与他们现在所处的位置是一致的，接着，人们又认出了亚洲大陆，认出了北冰洋和白令海峡……

"那是……是地球！"

A国总统收回了手指，这时，太空中蓝色球体的膨胀不借助参照物也能看出来，它的直径现在至少三倍于月球了！开始，人们都觉得它像太空中被很快吹鼓的一个气球，但人群中的又一声惊呼立刻改变了人们的这个想象。

"它在掉下来！"

这话给人们看到的景象提供了一个合理的解释，不管是否正确，他们都立刻对眼前发生的事有了新的感觉：太空中的另一个地球正在向他们砸下来！那个蓝色的球体在逼近，它已经占据了三分之一的天空，其表面的细节可以看得更清楚了——褐色的陆地上布满了山脉的皱纹，一片片云层好像是紧贴着大陆的残雪，云层在大地上投下的影子给它们镶上了一圈黑边；北极上也有一层白色，它的某些部分闪闪发光，那不是云，是冰层；在蔚蓝色的海面上，有一个旋涡状的物体，它在懒洋洋地转动着，雪白雪白的，看上去柔弱而美丽，像一朵贴在晶莹蓝玻璃瓶壁上的白绒花，那是一处刚刚形成的台风……当那蓝色的巨球占据了一半天空时，几乎在同一时刻，人们的视觉再次发生了奇妙的变化。

"天啊，我们在掉下去！"

这感觉的颠倒是在一瞬间发生的，这个占据半个天空的巨球表面突然产生了某种高度，人们感觉脚下的大地已不存在，自己处于高空中，正向那个地球掉落，掉落。

那个地球表面可以看得更细了，在明暗分界线的黑暗一侧的不远处，视力好的人可以看到一条微弱的荧光带，那是 A 国东海岸城市的灯光，其中较为明亮的一小团就是 N 市，是他们所在的地方。来自太空的地球迎面扑来，很快占据了三分之二的天空，两个地球似乎转眼间就要相撞了，人群中传出一两声惊叫，许多人恐惧地闭上了双眼。

就在这时，一切突然静止，天空中的地球不再下落，或者说，脚下的地球不再向它下坠。这个占据三分之二天空的巨球静静地悬在上方，大地笼罩在它那蓝色的光芒中。

这时，市区传来喧闹声，骚乱开始出现了。但草坪上的人们毕竟是人类中在意外事变面前神经最坚强的一群，面对这噩梦般的景象，他们很快控制住自己的惊慌，默默思考着。

"这是一个幻象。"GA 秘书长说。

"是的，"C 国主席说，"如果它是实体，应该能感觉到它的引力效应，我们离海这么近，这里早就被潮汐淹没了。"

"远不是潮汐的问题了，"R 国总统说，"两个地球的引力足以相互撕碎对方了。"

"事实上，物理定律不允许两个地球这么待着！"J 国首相说。他接着转向 C 国主席，"在那个地球出现前，你谈到了我们上方出现了南半球的星空。这与现在发生的事有什么联系吗？"他这么说，等于承认刚才偷听了别人的谈话，但现在也顾不了这么多了。

"也许我们马上就能得到答案！"A 国总统说，他这时正拿着一部手机说着什么，旁边的国务卿告诉大家，总统正在与国际空间站联系。于是，所有人都把期待的目光聚焦在他身上。A 国总统专心地听着手机，几乎不说话，草坪陷入一片寂静之中。在天空中另一个地球的蓝光里，人们像一群虚幻的幽灵。就这么等了约两分钟，A国总统在众人的注视下放下手机，登上一把椅子，大声说："各位，事情很简单，地球的旁边出现了一面大镜子！"

二　镜子

它就是一面大镜子，很难再被看成别的什么东西。它的表面可以对可见光进行毫无衰减、毫不失真的全反射，也能反射雷达波。这面宇宙巨镜的面积约100亿平方千米，如果拉开足够距离看，镜子和地球，就像一个棋盘正中放着一枚棋子。

本来，对于"奋进号"上的宇航员来说，得到这些初步的信息并不难，他们中有一名天文学家和一名空间物理学家。他们还可以借助包括国际空间站在内的所有太空设施进行观测，但航天飞机险些因他们暂时的精神崩溃而坠毁，国际空间站是最完备的观测平台，但它的轨道位置不利于对镜子的观测，因为镜子悬于地球北极上空约450千米的高度，其镜面与地球的自转轴几乎垂直。而此时，"奋进号"航天飞机已变轨至一条通过南北极上空的轨道，以完成一项对极地上空臭氧空洞的观测，它的轨道高度为280千米，正从镜子与地球之间飞过。

那真是一场噩梦，航天飞机在两个地球之间爬行，仿佛飞行在由两道蓝色的悬崖构成的大峡谷中。驾驶员坚持认为这是幻觉，他在3000小时的歼击机飞行中遇到过两次的倒飞幻觉（注：一种飞行幻觉，飞行员在幻觉中误认为飞机在倒飞）。但指令长坚持认为确实有两个地球，并命令他们根据另一个地球的引力参数调整飞行轨道，那名天文学家及时阻止了他。当他们初步控制了自己的恐惧后，通过观测航天飞机的飞行轨道可以得知，如果按两个地球质量相等来调整轨道，"奋进号"此时已变成北极冰原上空的一颗火流星了。

宇航员们仔细观察那个没有质量的地球，目测可知，航天飞机距那个地球要远许多，但它的北极与这个地球的北极好像没有什么不同，事实上它们太相像了。宇航员们看到，在两个地球的北极点上空都有一道极光，这两道长长的暗红色火蛇在两个地球的同一位置以完全相同的形状缓缓扭动着。后来，他们终于发现了一件这个地球没有的东西，那个零质量地球上空有一个飞行物，通过目测，他们判断那个飞行物在零质量地球上空约300千米的轨道上运行，他们用机载雷达探测它，想得到其精确的轨道参数，但雷达波在100多千米处像遇到一堵墙一样被弹了回来，零质量地球和那个飞行物都在墙的另一面。指令长透过驾驶舱的舷窗用高倍望远镜观察那个飞行物，看到那也是一架航天飞机，它正沿低轨道越过北极的冰海，看上去像一只在蓝白相间的大墙上爬行的蛾子。他注意到，在那架航天飞机的前部舱窗里有一个身影，看得出那人正举着望远镜向这里看，指令长挥挥手，那人也挥挥手。

于是，他们得知了镜子的存在。

航天飞机改变轨道，向上沿一条斜线向镜子靠近，一直飞到距镜子3千米处。在视距6千米远处，宇航员们可以清楚看到"奋进号"在镜子中的映像，尾部发动机喷出的火光使它看上去像一只缓缓移动的萤火虫。

一名宇航员进入太空，去进行人类同镜子的第一次接触。太空服上的推进器拉出一道长长的白烟。宇航员很快越过了这3千米距离，他小心翼翼地调整着推进器的喷口，最后悬浮在与镜子相距10米左右的位置，在镜子中，他的映像异常清晰，毫不失真；由于宇航员是在轨道上移动，而镜子与地球处于相对静止的状态，所以宇航员与镜子之间有高达每秒10米的相对速度，他实际上是在以闪电般的速度掠过镜子表面，但在镜子上丝毫看不出这种运动。

这是宇宙中最光滑、最光洁的表面了。

在宇航员减速时，曾把推进器的喷口长时间对着镜子，苯化物推进剂形成的白雾向镜子飘去。以前在太空行走中，当这种白雾接触到航天飞机或空间站的外壁时，会立刻在上面留下一片由霜构成的明显污痕，他由此断定，白雾也会在镜子上留下痕迹，由于相互间的高速运动，这痕迹将是长长的一道，就像他童年时常用肥皂在浴室的镜子上画出的一样，但航天飞机上的人没有看到任何痕迹，那白雾接触镜面后就消失了，镜面仍是那样令人难以置信的光洁。

由于轨道形状的关系，航天飞机和这名宇航员能与镜子这样近距离接触的时间不多，这就使宇航员焦急地做下一件事。得知白雾在镜面上消失，几乎是下意识的，他从工具袋中掏出一把空心扳手，向镜子掷去，扳手刚出手，他和航天飞机上的人都惊呆了，他们这才意识到扳手与镜面之间的相对速度。这速度使扳手具有一颗重磅炸弹的威力。他们恐惧地看着扳手翻滚着向镜面飞去，恐惧地想象着在接触的一瞬间，蛛网般致密的裂纹从接触点放射状地在镜面上闪电般地扩散，巨镜化为亿万个在阳光中闪烁的小碎片，在漆黑的太空中形成一片耀眼的银色云海……但扳手接触镜面后立刻消失了，没有留下一丝痕迹，镜面仍光洁如初。

其实，人类很容易得知镜子不是实体，没有质量，否则它不可能以与地球相对静止的状态悬浮在北半球上空（按它们的大小比例，更准确的说法应该是地球悬浮在镜面的正中）。镜子不是实体，而是一种力场类的东西，刚才与其接触的白雾和扳手证明了这一点。

宇航员小心地开动推进器，喷口的微调装置频繁动作，最后使他与镜面的距离缩短为半米。他与镜子中的自己面对面地对视着，再次惊叹映像的精确，那是现实的完美拷贝，给人的感觉比现实还要精细。他抬起一只手，向前伸去，与镜面中的手相距不到一厘米的距离，几乎融为一体。耳机中一片寂静，指令长并没有制止他，他把手向前推去，手在镜面下消失了，他与镜中人的两条胳膊从手腕处开始连接，他的手在这个接触过程中没有任何感觉。他把手抽回来，举在眼前仔细看，太空服手套完好无损，也没有任何痕迹。

宇航员和下面的航天飞机正在飘离镜面，他们只能不断地开动发动机和推进器以保持与镜面的近距离，但由于飞行轨道形状的原因，他们飘离得越来越远，很快将使这种修正成为不可能，再次近距离只能等绕地球一周后，那时谁知道镜子还在不在。想到这里，他下定决心，启动推进器，径直向镜面冲去。

宇航员看到镜中自己的映像扑面而来，最后，映像中的太空服头盔上那个大水银泡似的单向反射面罩充满了整个视野。在与镜面相撞的瞬间，他努力让自己不闭上双眼——相撞时没有任何感觉，这一瞬间后，眼前的一切消失了，空间黑了下来，他看到了熟悉的银河星海。他猛地回头，下面也是完全一样的银河映像，从下向上看映像，只能看到他的鞋底，他和映像身上的推进器喷出的两片白雾平滑地连接在一起。

他已穿过了镜子，镜子的另一面仍然是镜子。

在他冲向镜子时，耳机中还响着指令长的声音，但穿过镜面后，这声音像被一把利刃切断了一般，镜子挡住了电波，更可怕的是，在镜子的这一面看不到地球，周围全是无际的星空，宇航员感到自己被隔离在另一个世界，心中一阵恐慌。他调转喷口，刹住车后向回飞去。这一次，他不像来时那样使身体与镜面平行，而是与镜面垂直，头朝前像跳水那样向镜面飘去。在即将接触镜面时，他把速度降到了很低，与镜中的映像头顶头地连在一起，在他的头部穿过镜子后，他欣慰地看到了下方蓝色的地球，耳机中也响起了指令长熟悉的声音。

他把飘行的速度降到零，这时，他只有胸部以上的部分穿过了镜子，身体的其余部分仍在镜子的另一面。他调整推进器的喷口方向，开始后退，这使得仍在镜子另一面的喷口喷出的白雾溢到了镜子这一面，白雾从他周围的镜面冒出，他仿佛是在沉入一个白雾缭绕的平静湖面。

当镜面升到鼻子高度时，他又发现了一件令人吃惊的事：镜面穿过了太空服头盔的面罩，充满了他的脸和面罩间的这个月牙形的空间；他向下看，这个月牙形的镜面映照着他那惊恐的瞳孔，镜面一定整个切穿了他的头颅，但他什么也感觉不到；他把飘行速度减到最低，比钟表的秒针快不了多少，一毫米一毫米地移动，终于使镜面升到自己的瞳仁正中。

这时，镜子从视野中完全消失了，周围的一切都恢复原状：一边是蓝色的地球，另一边是灿烂的银河，但这个他熟悉的世界只存在了两三秒钟，飘行的速度不可能完全降到零，镜面很快移到了他双眼的上方，一边的地球消失了，只剩下另一边的银河，在眼睛的上方，是挡住地球的镜面，一望无际，伸向十几万千米的远方。由于角度极偏，镜面反射的星空图像在他眼中变了形，成了这镜面平原上的一片银色光晕。

他调整推进器方向，向相反的方向飘去，使镜面降向眼睛，在镜面通过瞳仁的瞬间，镜子再次消失，地球和银河再次出现，这之后，银河消失，地球出现了。

镜子移到了眼睛的下方，镜面平原上的光晕变成了蓝色的，他就这样以极慢的速度来回漂移着，使瞳仁在镜面两侧浮动，仿佛穿行于隔开两个世界的一张薄膜间。经过反复努力，他终于使镜面较长时间地停留在瞳仁正中，镜子消失了，他睁大双眼，想从镜面所在的位置看到一条细细的直线，但什么也看不出来。

"这东西没有厚度！"他惊叫。

"也许它只有几个原子那么厚，你看不到而已，这也是它没有被地球觉察的原因，如果它侧着边缘向地球飞来，就不可能被发现。"航天飞机上的人评论说，他们在观看传回的图像。

但最让他们震惊的是：这面可能只有几个原子的厚度，但面积有上百个太平洋大的镜子，竟绝对平坦，以至于镜面与视线平行时完全看不到它，这是古典几何学世界中的理想平面。

绝对平坦可以解释它绝对的光洁，这是一面理想的镜子。

在宇航员们心中，孤独感开始压倒了震惊和恐惧，镜子使宇宙变得陌生了，他们仿佛是一群刚出生就被抛在旷野的婴儿，无力地面对着不可思议的世界。

这时，镜子说话了。

三 音乐家

"我是一名音乐家，"镜子说，"我是一名音乐家。"

这是一个悦耳的男音，在地球的整个上空响起，所有的人都听得到。一时间，地球上熟睡的人都被惊醒，醒着的人则都如塑像般呆住了。

镜子接着说："我看到了下面在举行一场音乐会，观众是能够代表这颗星球文明的人，你们想与我对话吗？"

首脑们都看着秘书长，秘书长一时茫然不知所措。

"我有事情要告诉你们。"镜子又说。

"你能听到我们说话吗？"秘书长试探着说。

镜子立即回答："当然能。如果愿意，我可以分辨出下面的世界里每个细菌发出的声音，我感知世界的方式与你们不同，我能同时观察每个原子的旋转。我的观察还包括时间维，可以同时看到事物的历史，而不像你们，只能看到时间的一个断面，我对一切了如指掌。"

"那我们是如何听到你的声音的呢？"A国总统问。

"我在向你们的大气发射超弦波。"

"超弦波是什么？"

"一种从原子核中解放出来的相互作用力，它振动着你们的大气，如同一只大手拍动着鼓膜，于是你们听到了我的声音。"

"你从哪里来？"秘书长问。

"我是一面在宇宙中流浪的镜子，我的起源地在时间和空间上都太过遥远，谈它已无意义。"

"你是如何学会英语的？"秘书长问。

"我说过，我对一切了如指掌。这里需要声明，我讲英语，是因为听到这个音乐会上的人们在交谈中大都用这种语言，这并不代表我认为下面的世界里某些种族比其他种族更优越，这个世界没有通用语言，我只能这样。"

"我们有世界语，只是很少使用。"

"你们的世界语，与其说是为世界大同进行的努力，不如说是沙文主义的典型表现。凭什么世界语要以拉丁语系而不是这个世界的其他语系为基础？"

最后这句话在首脑们中引起了极大的震动，他们紧张地窃窃私语起来。

"你对地球文明的了解让我们震惊。"秘书长由衷地说。

"我对一切了如指掌。再说，彻底地了解一粒灰尘并不困难。"

A 国总统看着天空说："你是指地球吗？你确实比地球大得多，但从宇宙尺度来说，你的大小与地球是同一个数量级的，你也是一粒灰尘。"

"我连灰尘都不是。"镜子说，"很久很久以前我曾是灰尘，但现在我只是一面镜子。"

"你是一个个体，还是一个群体？"C 国主席问。

"这个问题无意义。当文明在时空中走了足够长的路时，个体和群体将同时消失。"

"镜子是你固有的形象呢，还是你许多形象中的一种？"E 国首相问。秘书长把问题接了下去："就是说，你是否有意对我们显示出这样一个形象呢？"

"这个问题也无意义。当文明在时空中走了足够长的路时，形式和内容将同时消失。"

"你对最后两个问题的回答我们无法理解。"A 国总统说。

镜子没说话。

"你到太阳系来有目的吗？"秘书长问出了最关键的问题。

"我是一个音乐家，要在这里举行音乐会。"

"这很好！"秘书长点点头说，"人类是听众吗？"

"听众是整个宇宙，虽然最近的文明世界要在百年后才能听到我的琴声。"

"琴声？琴在哪里？"克莱德曼在舞台上问。

这时，人们发现，占据了大部分天空的地球映像突然向东方滑去，速度很快。天空的这种变幻看上去很恐怖，给人一种天在塌下来的感觉，草坪上有几个人不由自主地捂住了脑袋。很快，地球映像的边缘已经接触到了东方的地平线。几乎与此同时，一片光明突然出现，所有人都眼晕不已，什么都看不清了。当他们的视力恢复后，看到太阳突然出现在刚才的地球映像腾出来的天空中，灿烂的阳光瞬间洒满大地，周围的世界毫发毕现，天空在一瞬间由漆黑变成明亮的蔚蓝。地球的映像仍然占据东半边的天空，但上面的海洋已与蓝天融为一体，大陆像是天空中一片片褐色的云层。这突然的变化使所有人目瞪口呆。过了好一会儿，秘书长的一句话才使大家对这不可思议的现实多少有了一些把握。

"镜子倾斜了。"

是的，太空中的巨镜倾斜了一个角度，使太阳也进入了映像，把它的光芒反射到地球中黑夜的一侧。

"它转动的速度真快！"C国主席说。

秘书长点点头："是的，想想它的大小，以这样的速度转动，它的边缘可能已经接近光速了！"

"任何实体物质都不可能经受住这样的转动所产生的应力，它只是一个力场，这已被我们的宇航员证明了。对于所谓力场，接近光速的运动是很正常的。"A 国总统说。

这时，镜子说话了："这就是我的琴，我是一名恒星演奏家，我将演奏太阳！"

这气势磅礴的话语把所有的人都镇住了，首脑们呆呆地看着天空中太阳的映像，好一阵儿才有人敬畏地问怎样演奏。

"各位一定知道，你们使用的乐器大多有一个音腔，它们是由薄壁包围起来的空间区域，薄壁将声波来回反射，这样就将声波禁锢在音腔内，形成共振，发出动听的声音。对电磁波来说，恒星也是一个音腔，它虽没有有形的薄壁，但其存在会使电磁波的传输速度产生一定梯度，这种梯度将折射和反射电磁波，将其禁锢在恒星内部，产生电磁共振，奏出美妙的音乐。"

"那这种琴声听起来是什么样子呢？"克莱德曼向往地看着天空问。

"在九分钟前，我在太阳上试了试音。现在，琴声正以光速传来。当然，它是以电磁形式传播的，但我可以用超弦波在你们的大气中把它转换为声波，请听——"

天空中传来几声空灵悠长的声音，很像钢琴的声音。这声音有一种魔力，一时攫住了所有的人。

"从这声音中，你感受到了什么？"秘书长问 C 国主席。

C 国主席感慨地说："我感受到了整个宇宙变成了一座大宫殿，一座有 200 亿光年高的宫殿，这声音在宫殿中萦绕不止。"

"听到这声音，您还否认上帝的存在吗？"A国总统问。

C国主席看了总统一眼说："这声音来自于现实的世界。如果现实世界就能够产生出这样的声音，上帝就变得更无必要了。"

四　节拍

"演奏马上就要开始了吗？"秘书长问。

"是的，我在等待节拍。"镜子回答。

"节拍？"

"节拍在四年前就已启动，它正以光速向这里传来。"

这时，天空发生了惊人的变化——地球和太阳的映像消失了，代之以一片明亮的银色波纹，这波纹跃动着，充满了天空，地球仿佛沉入一个超级海洋中，天空就是从水下看到的阳光照耀下的海面。

镜子解释说："我现在正在阻挡着来自外太空的巨大辐射，没有完全反射这些辐射，你们看到有一小部分透了过去，这辐射来自一颗四年前爆发的超新星。"

"四年前？那就是人马座了。"有人说。

"是的，人马座比邻星。"

"可是据我所知，那颗恒星完全不具备成为超新星的条件。"C

国主席说。

"我使它具备了。"镜子淡淡地说。

那就是说，镜子选定太阳为乐器后，立刻引爆了比邻星，从镜子刚才对太阳试音的情形看，它显然具有超空间的作用能力，这种能力使它能在一个天文单位的距离之外弹奏太阳，但对四光年之遥的恒星，它是否仍具有这种能力还不得而知。镜子引爆比邻星可能通过两种途径：在太阳系通过超空间作用，或者通过空间跳跃在短时间内到达比邻星附近，引爆它，再次跳跃回到太阳系。不管通过哪种方式，对人类来说这都是神的力量。但不管怎样，超新星爆发的电磁辐射仍然要经过四年时间才能到达太阳系。镜子说过，演奏太阳的乐声是以电磁波形式传向宇宙的，那么对于这个超级文明来说，光速就相当于人类的声速，光波就是他们的声波，那他们的光是什么呢？人类永远不得而知。

"对你操纵物质世界的能力，我们深感震惊。"A国总统敬畏地说。

"恒星是宇宙荒漠的石块，是我的世界中最普通的东西。我使用恒星，有时把它当作一件工具，有时是一件武器，有时是一件乐器……现在，我把比邻星做成了节拍器，这与你们的祖先所使用的石块没什么本质的区别，都是为了用自己世界中最普通的东西来扩大和延伸自己的能力。"

然而，草坪上的人们看不出这两者有什么共同点，他们放弃与镜子在技术上进行沟通的尝试，人类离理解这些还有很远的距离，就像蚂蚁离理解国际空间站差得很远一样。

天空中的光波开始暗了下来，渐渐地，人们觉得照着上面这个巨大海面的不是阳光而是月光了，超新星正在熄灭。

秘书长说："如果不是镜子挡住了超新星的能量，地球现在可能已经是一个没有生命的世界了。"

这时，天空中的波纹已经完全消失了，巨大的地球映像重现，仍占据着大部分夜空。

"镜子说的节拍在哪里？"克莱德曼问，这时他已从舞台上下来，与首脑们站在一起。

"看东面！"这时，有人喊了一声。人们发现东方的天空中出现了一条笔直的分界线，这条线横贯整个天空。分界线两侧的天空是两个不同的镜像：分界线西面仍是地球的映像，但它已被这条线切去了一部分；分界线东面则是灿烂的星空。有很多人都看出来了，这是北半球应有的星空，不是南半球星空的映像。分界线在由东向西庄严地移动，星空部分渐渐扩大，地球的映像正在由西向东被抹去。

"镜子在飞走！"秘书长喊道。人们很快知道了他是对的。镜子在离开地球上空，它的边缘很快消失在西方的地平线下，人们又站在了他们见过无数次的正常的星空下。此后，人们再也没有见到过镜子，它也许飞到它的琴——太阳附近了。

草坪上的人们带着一丝欣慰地看着周围他们熟悉的世界，星空依旧，城市的灯火依旧，甚至草坪上嫩芽的芳香仍飘散在空气中。

节拍出现。

白昼在瞬间降临，蓝天突现，灿烂的阳光洒满大地，周围的一切都明亮地凸显出来：但这白昼只持续了一秒钟就熄灭了，刚才的夜又恢复了，星空和城市的灯光再次浮现，这夜也只持续了一秒钟，白昼再次出现，一秒钟后又是黑夜；然后，白昼、夜、白昼、夜、白昼、夜……它们以与脉搏相当的频率交替出现，仿佛世界是两片切不断的幻灯片所映出的图像。

这是白昼与黑夜构成的节拍。

人们抬头仰望，立刻看到了那颗闪动的太阳，它现在只是太空中一个刺目的光点。"脉冲星。"C国主席说。

这是超新星的残骸，一颗旋转的中子星。中子星那致密的表面有一个裸露的热斑，随着星体的旋转，中子星成为一座宇宙灯塔，热斑射出的光柱旋转着扫过广漠的太空，当这光柱扫过太阳系时，地球的白昼就短暂地出现了。

秘书长说："我记得脉冲星的频率比这快得多，它好像也不发出可见光。"

A国总统用手半遮着眼睛，艰难地适应着这疯狂的节拍世界：

"频率快是因为中子星聚集了原恒星的角动量，镜子可以通过某种途径把这些角动量消耗掉；至于可见光嘛……你们真认为镜子还有什么做不到的事？"

"但有一点，"C国主席说，"我们没有理由认为宇宙中所有生物的生命节奏都与人类一样，它们的音乐节拍的频率肯定各不相同。比如镜子，它的正常节拍频率可能比我们最快的电脑主频都快……"

"是的，"A国总统点点头，"我们也没有理由认为它们可视的电磁波段都与我们的可见光相同。"

"你们是说，镜子是以人类的感觉为基准来演奏音乐的？"秘书长吃惊地问。

C国主席摇摇头说："我不知道，但肯定要有一个基准的。"

脉冲星强劲的光柱庄严地扫过冷寂的太空，像一根长达40万亿千米的、还在以光速不断延长的指挥棒。在这一端，太阳在镜子无形手指的弹拨下，发出浑厚的、以光速向宇宙传播的电磁乐音，太阳音乐会开始了。

五　太阳音乐

一阵沙沙声，像是电磁噪声，又像是无规则的海浪冲刷海滩的声音，从这声音中有时能听出一丝荒凉和广漠，但更多的是混沌和无序。这声音一直持续了十多分钟，毫无变化。

"我说过，我们无法理解他们的音乐。"R国总统先打破了沉默。

"听！"克莱德曼用一根手指指着天空说，其他的人过了好一会儿才听出了他那经过训练的耳朵听到的旋律——那是结构最简单的旋律，只由两个音符组成，好像是钟表的一声嘀嗒，这两个音符不断出现，但有很长的间隔。后来，又出现了另一个双音符小节，然后出现了第三个、第四个……这些双音符小节在混沌中不断浮现，像一群暗夜中的萤火虫。

一种新的旋律出现了，它有四个音符。人们都把目光转向克莱德曼，他在注意地听着，好像感觉到了些什么，这时四音符小节的数量也增加了。

"这样吧，"他对首脑们说，"我们每个人记住一个双音符小节。"于是大家认真地听着，每人都努力记住一个双音符小节，然后凝神等着它再次出现以巩固自己的记忆。过了一会儿，克莱德曼又说："好啦，现在注意听一个四音符小节。得快些，不然乐曲越来越复杂，我们就什么也听不出来了……好，就这个，有人听出什么来了吗？"

"它的前一半是我记住的那一对音符！"B国首脑高声说。

"后一半是我记住的那一对！"N国首脑说。

人们接着发现，每个四音符小节都是由前面两个双音符小节合成的。随着四音符小节数量的增多，双音符小节的数量也在减少，似乎前者在消耗后者。再后来，八音符小节出现了，结构与前面一样，是由已有的两个四音符小节合并而成的。

"你们都听出了什么？"秘书长问向周围的首脑们。

"在闪电和火山熔岩照耀下的原始海洋中，一些小分子正在聚合成大分子……当然，这只是我完全个人化的想象。"C国主席说。

"想象请不要拘泥于地球，"A国总统说，"这种分子的聚集也许是发生在一片映射着恒星光芒的星云中，也许正在聚集组合的不是分子，而是恒星内部的一些核能旋涡……"

这时，一个多音符旋律以高音形式凸现出来，它反复出现，仿佛是这昏暗的混沌世界中的一道明亮的小电弧。"这好像是在描述一个质变。"C国主席说。

一个新的乐器的声音出现了，这连续的弦音很像小提琴发出的，它用另一种柔美的方式重复着那个凸现的旋律，仿佛是后者的影子。

"这似乎在表现某种复制。"R国总统说。

连续的旋律出现了，是那种类似小提琴的乐音。它平滑地变幻着，好像是追踪着某种曲线运动的目光。E国首相对C国主席说："如果按照您刚才的思路，现在已经有某种东西在海中游动了。"

不知不觉中，背景音乐开始变化了，这时人们几乎忘记了它的存在。它从海浪声变幻为起伏的沙沙声，仿佛暴雨在击打着裸

露的岩石；接着又变了，变成一种与风声类似的空旷的声音。A
国总统说："海上的游动者在进入新环境，也许是陆上，也许是
空中。"

所有的乐器突然短暂地齐奏一声，形成了恐怖的巨响，好像
有什么巨大的实体轰然倒塌。然后，一切戛然而止。只剩下开始
时那种海浪似的背景声在荒凉地响着。然后，那简单的双音节旋
律又出现了，又开始了缓慢而艰难的组合，一切重新开始……

"我敢肯定，这描述了一场大灭绝，现在我们听到的是灭绝后
的复苏。"

经过漫长而艰难的过程，海中的游动者又开始进入世界的其
他部分。旋律渐渐变得复杂而宏大，人们的理解也不再统一——有
人想到一条大河在奔流而下，有人想到广阔的平原上一支浩荡队
伍在跋涉，有人想到漆黑的太空中向黑洞涡旋而下的滚滚星云。

但大家都同意，这是在表现一个宏伟的进程，也许是进化的
进程。这一乐章很长，不知不觉一个小时过去了，音乐的主题终
于发生了变化。旋律渐渐分化成两个，这两个旋律在对抗和搏斗，
时而疯狂地碰撞，时而扭缠在一起……

"典型的贝多芬风格。"克莱德曼评论说。这之前很长的时间
里，人们都沉浸在宏伟的音乐中没有说话。

秘书长说："好像是一支在海上与巨浪搏斗的船队。"

A国总统摇了摇头："不，不是的。您应该能听出这两种力量

没有本质的不同，我想是在表现一场蔓延到整个世界的战争。"

"我说，"一直沉默的 J 国首相插进来说，"你们真的认为自己能够理解外星文明的艺术？也许你们对这音乐的理解，只是牛对琴的理解。"

克莱德曼说："我相信我们的理解基本上正确。宇宙间通用的语言，除了数学可能就是音乐了。"

秘书长说："要证实这一点也许并不难，我们能否预言下一乐章的主题或风格？"

稍作思考，C 国主席说："我想下面可能将表现某种崇拜，旋律将具有森严的建筑美。"

"您是说像巴赫？"

"是的。"

果然如此，在接下来的乐章中，听众们仿佛走进一座高大庄严的教堂，听着自己的脚步在这宏伟的建筑内部发出空旷的回声，对某种看不见的、但无所不在的力量的恐惧和敬畏压倒了他们。

再往后，已经演化得相当复杂的旋律突然又变得简单了，背景音乐第一次消失了。在无边的寂静中，一串清脆短促的打击声出现了。一声，两声，三声，四声……然后，一声，四声，九声，十六声……一条条越来越复杂的数列穿梭而过。

有人问："这是在描述数学和抽象思维的出现吗？"

接下来，音乐变得更奇怪了，出现了由小提琴奏出的许多独立的小节，每小节由三到四个音符组成，各小节中音符都相同，但其音程的长短出现各种组合，还出现一种连续的滑音——它渐渐升高然后降低，最后回到起始的音高。人们凝神听了很长时间，G国首脑说："这，好像是在描述基本的几何形状。"人们立刻找到了感觉，他们仿佛看到在纯净的空间中，一群三角形和四边形匀速地飘过，至于那种滑音，它让人们看到了圆、椭圆和完美的正圆……渐渐地，旋律开始出现变化，表示直线的单一音符都变成了滑音。但根据刚才乐曲留下的印象，人们仍能感觉到那些飘浮在抽象空间中的几何形状，但这些形状都被扭曲了，仿佛浮在水面上。

"时空的秘密被发现了。"有人说。

下一个乐章是以一个不变的节奏开始的，它的频率与脉冲星打出的由昼与夜构成的节拍相同，好像音乐已经停止了，只剩下节拍在空响。但很快，另一个不变的节奏也加入进来，频率比前一个稍快。之后，不同频率的不变的节奏在不断地加入，最后出现了一个气势磅礴的大合奏。但在时间轴上，乐曲是恒定不变的，像一堵平直的声音高墙。

对这一乐章，人们的理解惊人得一致："一部大机器在运行。"

后来，出现了一个纤弱的旋律，如银铃般灵动地响着，如梦般变幻不定，与背后那堵呆板的声音之墙形成鲜明对比，仿佛飞翔在那部大机器里的一个银色小精灵，仿佛一滴小小的但强有力的催化剂，在钢铁世界中引发了奇妙的化学反应——那些不变的节奏开始波动变幻，大机器的粗轴和巨轮渐渐变得如橡皮泥般柔软，最后，整个合奏变得如那个精灵旋律一样轻盈、有灵气。

人们议论纷纷："大机器具有智能了！""我觉得，机器正在与它的创造者相互接近……"

太阳音乐在继续，已经进行到一个新的乐章了。这是结构最复杂的一个乐章，也是最难理解的一个乐章。它首先用类似钢琴的声音奏出一个悠远空灵的旋律，然后以越来越复杂的合奏不断地重复演绎这个主题，每次重复演绎都使得这个主题在上次的基础上变得更加宏大。

在这种重复进行了几次后，C国主席说："以我的理解，是这样的：一个思想者站在一个海岛上，用他深邃的头脑思索着宇宙，镜头向上升，思想者在镜头的视野中渐渐变小，当镜头从空中把整个海岛都纳入视野后，思想者像一粒灰尘般消失了；镜头继续上升，海岛在渐渐变小，镜头升出了大气层，在太空中把整个行星纳入视野，海岛像一粒灰尘般消失了；太空中的镜头继续远离这颗行星，把整个行星系纳入视野，这时，只能看到行星系的恒星，在漆黑的太空中，它看去只有台球般大小，孤独地发着光，而那颗有海洋的行星，也像一粒灰尘般消失了……"A国总统聆听着音乐，接着说："镜头以超光速远离，我们发现，在我们的认知中那空旷而广漠的宇宙，在更大的尺度上却是一团由恒星组成的灿烂的尘埃，当整个银河系进入视野后，那颗带着行星的恒星像一粒灰尘般消失了；镜头接着跳过无法想象的距离，把一个星系团纳入视野，眼前仍是一片灿烂的尘埃，但尘埃的颗粒已不再是恒星而是恒星系了……"秘书长接着说："这时银河系像一粒灰尘般消失了，但终点在哪儿呢？"

草坪上的人们重新把全副身心沉浸在音乐中，乐曲正在达到它的顶峰：在音乐家强有力的思想推动下，那个拍摄宇宙的镜头被推到了已知的时空之外，整个宇宙都被纳入视野，那个包含着银河系的星系团也像一粒灰尘般消失了。人们凝神等待着终极的到来，宏伟的合奏突然消失了，只有开始时那种类似钢琴的声音在孤独地响着，空灵而悠远。

"又返回到海岛上的思想者了吗？"有人问。

克莱德曼倾听着，摇了摇头："不，现在的旋律与那时完全不同。"

这时，全宇宙的合奏再次出现，不久后停了下来，又让位于钢琴独奏。这两个旋律就这样交替出现，持续了很长时间。

克莱德曼凝神听着，突然恍然大悟："钢琴是在倒着演奏合奏的旋律！"

C国主席点点头："或者说，它是合奏的镜像。哦，宇宙的镜像，这就是镜子了。"

音乐显然已近尾声，全宇宙合奏与钢琴独奏同时进行。钢琴精确地倒奏着合奏的每一处，它的形象凸现于合奏的背景之上，但两者又那么和谐。

C国主席说："这使我想起了一个现代建筑流派——光亮派，为了避免新建筑对周围传统环境的影响，就把建筑的表面全部做成镜面，使其通过反射来与周围达到和谐，同时也以这种方式表现了自己。"

"是的，当文明达到了一定的程度，它也可能通过反射宇宙的方式来表现自己的存在。"秘书长若有所思地说。

钢琴突然由反奏变为正奏，如此，它立刻与宇宙合奏融为一体，太阳音乐结束了。

六　欢乐颂

镜子说："一场完美的音乐会，谢谢欣赏它的人类。好，我走了。"

"请等一下！"克莱德曼高喊一声，"我们有一个最后的要求：你能否用太阳弹奏一首人类的音乐？"

"可以，哪一首呢？"

首脑们互相看了看。"弹贝多芬的《命运》吧。"M国总理说。

"不，不应该是《命运》，"A国总统摇摇头说，"现在已经证明，人类不可能扼住命运的喉咙，人类的价值在于：我们明知命运不可抗拒，死亡必定是最后的胜利者，却仍能在有限的时间里专心致志地创造着美丽的生活。"

"那就唱《欢乐颂》吧。"C 国主席说。

镜子说："你们唱吧，我可以通过太阳把歌声传播进宇宙。我保证，音色会很好的。"

草坪上这 200 多人唱起了《欢乐颂》，歌声通过镜子传给了太阳，太阳再次震动起来，把歌声用强大的电磁脉冲传向太空的各个方向。

> 欢乐啊，美丽神奇的火花，
>
> 来自极乐世界的女儿，
>
> 天国之女啊，我们如醉如狂，
>
> 踏进了你神圣的殿堂。
>
> 被时光无情地分开一切，
>
> 你的魔力又把它们重新联结。

5 小时后，歌声将飞出太阳系；4 年后，歌声将到达人马座；10 万年后，歌声将传遍银河系；20 多万年后，歌声将到达最近的恒星系大麦哲伦星云；600 万年后，歌声将传遍本星系团的 40 多个恒星系；1 亿年之后，歌声将传遍本超星系团的 50 多个星系群；150 亿年后，歌声将传遍目前已知的宇宙，并向继续膨胀的宇宙传播，如果那时宇宙还膨胀的话。

> 在永恒的大自然里，
> 欢乐是强劲的发条，
> 在宏大的宇宙之钟里，
> 是欢乐，在推动着指针旋跳，
> 它催含苞的鲜花怒放，
> 它使艳阳普照苍穹。
> 甚至望远镜都看不到的地方，
> 它也在使天体转动不息。

歌唱结束后。音乐会的草坪上，所有人都陷入长时间的沉默，各国首脑都在沉思着。

"也许，事情还没到完全失去希望的地步，我们应该尽自己的努力。"C国主席首先说。

A国总统点点头："是的，世界需要 GA。"

"与未来所能避免的灾难相比，我们各自所需做出的让步和牺牲是微不足道的。"R国总统说。

"我们所面临的，毕竟只是宇宙中一粒沙子上的事，应该好办。"E国首相仰望着星空说。

各国首脑纷纷表示赞同。

"那么，各位是否同意延长本届 GA 大会呢？"秘书长满怀希望地问道。

"这当然需要我们同各自的政府进行联系，但我想，问题应该不大。"A 国总统微笑着说。

"各位，今天真是一个值得纪念的日子！"秘书长无法掩饰自己的喜悦，"现在，让我们继续听音乐吧！"

《欢乐颂》又响了起来。

镜子以光速飞离太阳，它知道自己再也不会回来，在那十几亿年的音乐家生涯中，他从未重复演奏过一个恒星，就像人类的牧羊人从不重掷同一块石子。飞行中，他听着《欢乐颂》的余音，那永恒平静的镜面上出现了一圈难以觉察的涟漪。

"嗯，是首好歌。"

爱做梦的小鸟 / 刘维佳

重压之下，"卡夫卡"走入科幻世界

古人的话通常被认为是颇有道理、值得一听的，这是因为我们现在所能听到的古人的话，都已经经受住了时间的考验和筛选，其合理性已不易被动摇，普遍被认为是客观现实的真实反映。

有这么一句话："林子大了，什么样的鸟都有。"这话就有道理得很，尤其是在今天。现代都市文明最主要的特征之一就是价值取向多元化，因而人们的思想、性格、行为也就顺理成章地变得千差万别，真是什么样的人都有……

埃弗拉特就是现代都市水泥丛林中的一只毫不引人注目的小鸟。是的，不引人注目，他一直毫不起眼，确为红尘之中的碌碌之辈，绝非不凡人物。如果你与他在都市街头的人流中擦肩而过，会跟穿透空气的感觉差别不大，但这并不是说埃弗拉特是一具行尸走肉，事实上埃弗拉特在接触过他的人心中还是能留下印象的，而且这印象还不错：注意仪表，总是干干净净，衣着无可挑剔，头发从来一丝不乱、油光可鉴，就像他的皮鞋一样锃亮；他总是面带微笑，文质彬彬，待人接物小心翼翼……了解他的人，都明白他可不是什么伪君子，他是个真正表里如一的人：他从来不做改变世界的梦，也从不读哲学或社会学之类的书，除了幽默故事和一些格调轻松的时尚杂志之外，他什么书也不看，因而他的思想真的如白雪一般纯洁，实实在在是一个标准的现代都市文明制造出的"乖宝宝"。

不过，这个"乖宝宝"不是没有愿望、没有理想的机器人。埃弗拉特是个很正常的人，因而有理想，也有追求，只是这理想、这追求既简单又标准：他渴望拥有一个漂亮温柔的妻子和一个美丽可爱的女儿，拥有一个温馨的家，一个温暖的怀抱，从此幸福安宁地打发完自己生命的剩余时光……就这么简单，这么天经地义，这么理所当然，这么无可指责，也这么可望而不可即。

埃弗拉特在一家庞大的公司中任职，其职位也还算属于管理层，但却是在管理层的最底层。他的这个职位决定了他两头不讨好的命运，也决定了他的理想与追求是那么的可望而不可即。谁都知道风箱里的老鼠日子最难熬，而埃弗拉特的处境正是如此这般：在他下面，工人们个个如野兽般难驾驭；在他上面，各级官僚个个比太上皇还难待候。埃弗拉特就夹在这两股力量之间，两头受气，度日如年。像他这种处境，如果哪位有受虐狂倾向的话，倒是个理想的去处；而如果是个狠角色的话，也可以待得住。可事情坏就坏在埃弗拉特心理太正常，更不是个狠人，相反，他性格

温和柔弱、总想和所有人都和睦相处，这就没法不出现"理想很
美好而现实却十分残酷"的问题了。在公司里，埃弗拉特几乎被
每一个人视为异己，无法获得理解。面对工人，埃弗拉特受到敌
视和孤立，但他还是得费尽心思地和他们沟通，一声不吭地听他
们发牢骚，然后再拐弯抹角地让他们接受公司上层的意图。饶是
他万般小心，却还是经常躲不开被工人报以老拳的苦楚。面对上
司，他得一个劲儿地点头哈腰，不停地说"是"，甚至被骂得狗血
淋头还得面带微笑……

　　埃弗拉特进入这家公司六年以来，一直在过着这样的生活，
但他是不适合过这种生活的，他的性格与机构的要求格格不入，
是一条可怜虫。在这种硕大无朋、高速运转的机器里求生存，绝
非一件令人心旷神怡的事，对此埃弗拉特心知肚明。他看清了自
己与环境之间的不协调，但问题是自己的这种"乖"性格无法改变。
是的，改不了，他试过。他尽可能地避开与他人接触，用孤独和
距离感把自己裹起来，一头扎进各种没有多少创造性和价值可言
的工作之中，想以勤补拙，早日脱离苦海。然而，由于他寡言少
语、不善交际，又不会逢迎拍马，结果总升不了职。在公司所有人
的眼中，他似乎只是一个幻影、一台电脑，没有附着一点儿人性。
因此，同事们对他视而不见，姑娘们更是看都不看他一眼，也就
在情理之中了。

　　其实，埃弗拉特也发现自己变得厉害了。在这种奇怪生活的

重压下，埃弗拉特的个性和欲望早就如流沙一般消逝了。生活将他的性格如面团般乱揉一通之后，塑成了另一副模样。他已经没有冲劲，没有激情，没有棱角，没有主见了，他也不会再发怒了。他整天都被不可名状的恐惧包围着，早已失去了感觉，他已不觉得自己的生活有什么不正常，也不觉得自己在这现代体制的牢笼中与真正身陷囹圄有什么不同。只有照镜子时，他才能感到一丝惊异：自己脸部的肌肉再也松弛不下来，平日那做作的笑容已永远地焊在了脸上。只有在这时，他才能觉出自己正在改变。

埃弗拉特虽然已没多少个性可言，但他还有个爱好，这爱好与他的工作多少有些关系。埃弗拉特从来对毒品、烈酒和赌博就没有什么兴趣，他的爱好是——武器。从小，他就像大部分男孩子一样，着迷于形形色色的武器装备，他费尽心思地收集各类武器的资料、图片和模型。基于自己懦弱的性格和单薄的体质，他尤其迷恋轻武器，各种黑光闪闪、面目狰狞的枪支和单兵作战武器系统令他神魂颠倒、浮想联翩。关于武器的幻想占去了他童年和少年时代的大部分时间。

进入公司之后，埃弗拉特对轻武器的迷恋愈发强烈了。他说不清这与自己的工作究竟有什么关系，但能肯定确有关系。他已经不满足于只收集图片、模型了，他开始试着收集实物。几年下来，他还真收集了不少货真价实的硬家伙——三支猎枪、七支各种型号的手枪，还有一支感觉最棒的崭新的"卡利科"冲锋枪。埃弗拉特对这些宝贝爱不释手，没事就拆了擦，擦了拆，玩儿个没够。每过三四天，埃弗拉特就会带上一两支手枪到地下靶场去玩上一次。在那儿，随着一声声清脆的枪声，看着人形靶一点点地被子弹撕碎，他那郁闷已久的心情便得到了些许释放。渐渐地，埃弗拉特发现自己已无法割舍这种"运动"，他必须定时到靶场去干上一阵，方觉过瘾，不然就很难受。埃弗拉特自己也不知道这是怎么了，反正就得这么干。

埃弗拉特其实也曾想过跳槽，但他对自己的斤两太清楚了，知道自己在这弱肉强食的世界上可以说是毫无竞争力，有碗饭吃就是大大的幸运了，辞职后天晓得会怎么样，说不定到那时连活下去也会成大问题。赫拉克利特说过："一个人的性格，就是他的命运。"这又是一句古人的话。所以埃弗拉特认命了，决定就这么装聋作哑、浑浑噩噩地混下去，为了保住生存的权利而放弃了上帝所赋予的生命所应有的尊严。

然而，也许是上帝不忍见自己所抛下的珍珠被不知好歹的猪所践踏，于是在其安排下，那则篇幅不大的广告就让埃弗拉特看到了，从而使他的生活发生了重大的改变。

广告上是这么说的：本公司研制生产的最新产品"造梦机"具有人机沟通功能，可以探知使用者深藏于潜意识之中的深层愿望，并反馈于机上主电脑，这样就可让使用者主观控制住梦境的内容。如果拥有一台本公司制造的"造梦机"，您就能实现自己内心最深层的愿望，拥有现实生活中不曾拥有的东西，做到现实生活中做不到的事情。您可以在梦乡中与倾慕已久的人相爱，去向往已久的仙境神游，可以成为独行天下的侠士，可以成为纵横捭阖的将军，甚至做做皇帝也毫无问题……总之，在本公司最新产品所营造的美妙梦境之中，您将可以做出您内心最深处最想做的事情……

这则广告令埃弗拉特足足有五分钟没眨一下眼皮。下班后，他立刻前往银行，尽管广告上标注的价格不菲，但埃弗拉特还是毫不犹豫地从自己账户中那本来就不多的储蓄里划出了足够的钱，付给了生产"造梦机"的那家公司。事后，他才为自己在决断时所表现出的前所未有的果敢而感到惊异。

两个星期后，一个很大的邮包送到了埃弗拉特的家中。

"究竟有没有说的那般奇妙呢？"埃弗拉特一边将各色各样的电极和传感装置按说明贴在头上和手臂上，一边自言自语着。

一切准备就绪之后，埃弗拉特在床上躺下，照说明书上说的那样：什么也不想，全身放松，睡着了……

"这就是梦境？"埃弗拉特望着四周五光十色的招牌广告和夜色中明亮的街道以及行色匆匆的人流，疑惑地说，"这不就是普通的城市夜景嘛！"埃弗拉特四处走着，漫无目的地看着这个世界。"我内心深处最想做的事是什么呢？"他边走边寻思。

在一家酒吧门口，埃弗拉特不知为何停住了脚步。他突然感到很口渴，嘴里又干又涩，有一种身在沙漠的感觉，实在难受。想干什么就干什么，这是说明书上说的。埃弗拉特深吸了一口气，鼓起勇气走进了以前从未进过的酒吧间。

酒的味道出乎意料的好，两杯血般鲜红的液体下肚，埃弗拉特只觉得一股灼热的活力注入了自己体内，他有些飘飘然了，想笑的感觉油然而生。他不明白以前自己为什么不喝这种美妙的东西。

埃弗拉特于飘然间扫视在不停晃动的、令人眼花缭乱的斑斓色块照射下的扭动不止的人群。他发觉，所有的人此时似乎都发生了某种难以言状的变化，不再与以往相同。他笑了，体内的快感如水面的油迹一般飞速扩散。

蓦地，透过人群，埃弗拉特看见了一位与众不同的姑娘，她正微笑着盯着埃弗拉特看呢！那女孩当然是出众的漂亮，但最令埃弗拉特吃惊的是她像极了四年前自己追求过的公司里的那个电脑打字员。这一发现令埃弗拉特的心如同被石块击中一般颤抖不止。当年，埃弗拉特曾为那个打字员神魂颠倒，而那姑娘似乎对他也有好感。埃弗拉特还记得他与那女孩子目光偶然相对时她那慌乱眼神中隐藏的喜悦，他与她同乘一间电梯时自己狂乱的心跳……那种感觉，埃弗拉特永生难忘。然而，就在双方之间的距离逐步拉近之时，一位部门经理横插了进来。埃弗拉特默默地后退了，他眼睁睁地看着心上人成了人家的太太……埃弗拉特一想起来这件事就感到一阵悲哀，但此时，他没有感到悲哀，只感到一阵愤怒和一种克制不住的冲动。他起身向那女孩走过去。

"小姐，我可以请你跳支舞吗？"连埃弗拉特自己也吃惊于自己话语的流利。

那女孩没有回答，只歪着头笑眯眯地看着埃弗拉特，也不知她在笑些什么。

埃弗拉特突然感到右肩被人猛拍了一下，他急转过身，正看见一张阔脸横眉怒目地悬在自己面前。一个大汉一边卖弄着自己的肌肉，一边向他逼近。

"你刚才对我女朋友说什么？"那大汉的语调充满了火药味。

埃弗拉特只觉得喉头发颤，说不出话来，熟悉的恐惧感塞满了他的内心，他的手控制不住地抖动起来。但他居然还有多余的思维空间觉出对方像极了公司运输队里那个天天与自己作对的粗野司机。

"胆子不小啊，敢动我的女朋友！"话音刚落，一记重拳就击中了埃弗拉特的小腹，埃弗拉特捂着肚子瘫倒在了地板上。"你小子也不支起狗耳朵打听打听我是谁……伙计，记住今天的教训和这一拳，还有这一脚！"那大汉又是一脚踢来。

埃弗拉特疼得龇牙咧嘴。他努力抬起头，用求助的眼神四处看着，只见自己头顶聚了一圈人。"噢，噢，打呀，打呀，兄弟，别手软呀，不见血哪成……"人群中发出一阵阵莫名其妙的、邪性的起哄声。

那大汉走上前，蹲下来，伸手去翻埃弗拉特的口袋。找出钱包之后，他站起身来，又狠狠踹了埃弗拉特一脚，才转身离去。

埃弗拉特的全身抖得厉害，他觉得自己简直要疯了。此刻，他的心中终于喷发出了他自娘胎以来就一直没有体验过的熊熊怒火，这怒火夹杂着刻骨的仇恨向全身弥漫着，宛如流动的岩浆，所过之处改变一切。他的手越抖越狠，终于握成了拳头。

埃弗拉特突然发觉手中多了一件什么东西，扭头一看，只见自己手中不知怎么竟多了一支冲锋枪！埃弗拉特马上将枪移到了自己眼前，不错，手中的家伙正是自己那支视若生命的"卡利科"。埃弗拉特对它的性能了如指掌，他甚至熟悉这支枪的每个部位给予他的触感。埃弗拉特看着它，泛着黑光的枪身令埃弗拉特的血液温度一下子升高了好几倍，他感到有一种什么东西正悄然爬进自己的手指，接着顺着手臂爬进了他的心里。一时间，埃弗拉特觉得手指控制不住地痉挛起来。

想做什么就做什么，一个声音轻轻地对埃弗拉特说。这声音轻柔和缓犹如仙乐，令人无法自已，而它所负载的信息更犹如魔咒，使人心血狂涌。埃弗拉特抖得更厉害了。

好！片刻之后，埃弗拉特把牙猛地一咬。这不过是在梦境中罢了，跟随着这个念头，埃弗拉特猛地举起冲锋枪，对准了那大汉的背影。

"去死吧，浑蛋！"与这一声吼叫同时响起的是一连串的嗒嗒声。埃弗拉特觉得这枪声听上去宛如一只不知疲倦的啄木鸟在啄木，这与往日的体验完全不一样。

在酒吧间的灯光下，埃弗拉特看见那大汉的背上爆出了一个又一个的血洞，他那猩猩似的庞大身躯在子弹的撞击下猛地向前一冲，撞翻了一张酒桌。

埃弗拉特松开手指，枪声停了，可怕的沉寂笼罩住整个酒吧间，埃弗拉特只听见自己沉重的呼吸声。此刻，埃弗拉特感受到了前所未有的畅快，其感觉犹如刚走出铁笼的困兽，畅快得头晕目眩，但这畅快感并不足以消解他心中的怒火。埃弗拉特站起身来，缓缓扭头，扫视着四周。周围刚才还幸灾乐祸的人群，此刻全大张着嘴，僵在原地不动了，那模样简直难看至极。埃弗拉特越看越气，胸中一股怒气勃发，终于又大声吼道："见上帝去吧，你们这些卑鄙的小人！"

随着嗒嗒嗒的枪声，人们像炸了窝的老鼠一般四散逃窜。"卡利科"喷着火舌四下横扫，埃弗拉特兴奋得大声尖叫。一时间，整个酒吧间碟飞碗碎、人仰马翻，哭喊声、惨叫声、枪声混合着埃弗拉特的狂笑声，响作一片。埃弗拉特不停地扫射着，将一切完好的东西全打烂了。他手中的"卡利科"喷出的子弹是没完没了的，因而他得以尽情地喷吐他心中的仇恨与怒火。埃弗拉特不停地打呀，射呀，笑呀，喊呀……

　　埃弗拉特醒来时，天已经亮了。他取下头上、臂上那些拉拉杂杂的玩意儿，呆坐在床上，慢慢理顺了思绪。他现在感受到了前所未有的轻松。这玩意儿真是太妙了，不能再有比它更完美、更合适的东西了，他望着旁边的那台床头柜似的"造梦机"自语着。这东西似乎完全就是为他而设计的，他现在深信，以前自己的生活就是因为缺少了它才会沉闷无比，以前全都是错误……好啦，现在我要开始真正的生活了。埃弗拉特跳下床，拉开房门走到阳台上，他现在很想看一看真实的世界。

　　站在阳台上，埃弗拉特觉得今天的太阳简直如同红宝石一般可爱，而在它照耀下的城市显得金光闪闪，可爱极了。只见黄金般的光辉披罩在如林的雄伟的摩天大厦上，各种风格的建筑物在瑰丽云层的映衬下极似他童年时所看的科幻片中的宇宙都市，令他大发怀旧之幽情。童年时，那些壮丽的宇宙都市激发了他多少幻想啊！曾几何时，它们抛下他远去了，现在，它们又回来了！世界竟是如此美丽，简直跟仙境一样。

　　这才是真实的世界……埃弗拉特自语道，深深地吸了一口气，清新的空气涌进他的肺叶里，使他快活得几乎要飘起来了，他真想使劲地大喊。此时，他感到一股活力在自己体内迸射激荡，他的世界观在这一刹那完全改变了。

　　埃弗拉特满怀信心地开始了新的生活。

　　他准时来到了公司，兴致勃勃地向同事们问好，把所有人弄得目瞪口呆，然后他劲头十足地投入了工作。这一天，他的工作效率起码提高了一倍，使他的顶头上司惊异不已。

当天晚上，埃弗拉特在梦境中用一柄大扳手把那个经常讹他车钱的计程车司机打了个满脸开花。

第三天，他用自己那支心爱的"卡利科"将两个劫过他钱的强盗打得血肉横飞。

第四天……

第五天……

……

渐渐地，埃弗拉特将梦境当作了自己生活中不可或缺的一部分，第一天曾有过的"这不过是在梦中罢了"的念头已彻底从他脑中消失。他每晚都无比投入地沉浸在梦境之中，在其中尽情地发泄着自己的不满、怨恨和委屈，尽情地打击在生活中给自己施过压的人。"造梦机"起到了极为显著的效果，埃弗拉特的心理承受能力明显增强了，工人们的粗俗玩笑他已能接受，还能思维敏捷地跟着诌几句。没过多久，工人们和他的关系明显缓和了，伸手不打笑脸人嘛，埃弗拉特的热情劲儿让工人们对他多了好感，他们在心理上对埃弗拉特产生了认同感，而埃弗拉特工作效率的提高也大大减少了上级向他发火的频率。许多同事还满面笑容地和他打招呼，这一切都让埃弗拉特感受到了做人的尊严和生活的乐趣。他激动不已，他感受到上帝赐予自己的珍珠终于开始发光了。

当然，生活肯定不会一帆风顺，挫折与不快是生活的重要内容，但这一点现在已不重要了。不论白天有多糟，埃弗拉特都能承受下来，到了夜里，他就会在梦境中，站在大街上对看着不顺眼的人给上一枪，见一个给一枪，很快就将现实世界施与他的压力给发泄得一干二净。

使用了三个多月，埃弗拉特越来越觉得"造梦机"这个东西实在妙不可言。他按捺不住地坐下来给生产"造梦机"的公司写了一封信，对"造梦机"大加赞赏。他在信中称"造梦机"实乃现代都市人调节心理平衡的绝好工具，是具有快刀斩乱麻之奇效的"精神按摩器"，有了它，人们就可以极为有效地补偿在如今日益沉重的现实生活中因遭到压抑而造成的心理失衡。由于在梦境之中，人们可以为所欲为，所以每个人的本性就都不会再受到压制，因而也就不会再出现那些五花八门的心理疾病了。19世纪著名作家史蒂文森曾在他的名著《杰基尔博士和海德先生奇案》中提出过"双重人格"的概念，他指出人性中的善与恶是同步增长的，一个人心中的善有多大，他内心中潜藏的恶就有多大，因此必须给善与恶都找到合适的能量放释形式，心理才不会失衡。善，自然好说，恶，可怎么办？自古以来人们为此焦头烂额，但却没找到真正有效的方法，世界一直以不完美的形态存在。现在可好了，"造梦机"的出现终于给恶找到了理想的能量释放场所，每个人从此都可以将自己的不满、压抑以及仇恨、嫉妒、邪恶等人性之中恶的品性，在"造梦机"所营造的虚无缥缈的梦境中以自己喜爱的方式尽情发泄出来；而现实生活中自此将只余下善，自古以来人与人之间的那些令无数圣贤头疼不已的矛盾冲突将从此得到彻底解决，人与人、人与社会的关系从此将变得和谐无比，令人厌恶的"内耗现象"将成为历史名词，看来人人和睦相处的"天下大同"的时代即将到来，世界将归于完美，贵公司实在是功德无量……云云。

此后，埃弗拉特愈发迷恋"造梦机"了，他觉得自己已彻底离不开它了，就像一个老烟民不可能离开香烟一样。他觉得自己在"造梦机"的帮助下终于可以从容地将自己一分为二——一半放在现实的白天，一半放在虚幻的黑夜。现实与梦境的相互补偿作用使他终于可以不再受困于现实生活中的压力了，适应环境不再艰难了。多么奇妙啊，就这么一分，一切痛苦便不再属于自己了……在现实生活中，埃弗拉特简直如同一位功力深厚的太极高手，稳接八面来风，将各方的压力悄无声息地化于无形。现在，公司里上上下下都对埃弗拉特时时刻刻挂在脸上的梦游症患者似的笑容产生了好感，每个人都不再疏远他；而埃弗拉特也变得相当灵活，他越来越乐于助人，非常热心地尽力帮助别人解决生活和工作中的各种麻烦，成了公司里出了名的热心人。现在同事们都惊讶于埃弗拉特那似乎永不消减的热情。

然而，热情并不能保证永远不犯错误，有时，热心反而会帮倒忙。

这一天下班时，埃弗拉特路过公司软件开发部，正看见该部的几个人在你推我让的。原来，他们还有好些文件需要处理、拷贝，但谁也不肯加班，都是一帮懒虫。埃弗拉特非常热心地主动接下了这项工作，他完全没有别的什么意思，只是想帮帮别人，以便搞好关系。

但埃弗拉特实在不是一个摆弄电脑的高手，他忙得满头大汗，足足折腾了三个小时，方才干完了那堆工作，忍着饥饿，拖着疲惫的身躯回到了家中。

第二天下午，正当埃弗拉特在堆积如山的文件中忙得不可开交时，总经理秘书的一个电话，将他拽到总经理办公室去了。

原来，昨天晚上他处理拷贝软件时，不知怎么稀里糊涂地将硬盘里的一套软件部费了好大劲才设计出的商业软件给折腾得无影无踪了，结果把软件部的一干人心疼得几乎死了过去，总经理更是大动肝火，亲自来过问此事了。

埃弗拉特自从得到"造梦机"以来，头一次感到心脏缩紧，久违了的恐惧又一次攫住了他的心，不过，他的脸上还是本能地挂着那梦游症患者似的笑容。

埃弗拉特的笑脸对总经理的怒火没有起到一点儿缓和作用，总经理高声呵斥着，拍起桌子喝骂着。软件开发部的人围了一圈，时不时还发出一两声嗤笑。

埃弗拉特像根木头似的站着不动，低着头承受着总经理嘴里喷出的子弹般的骂声。

　　总经理越骂越起劲，越骂越兴起，一点儿也不嫌累，真不知他是从哪儿来的这一股子劲头。也许，正巧他今天不顺心；也许，埃弗拉特今天犯的错实在太大了点儿；也许，总经理许久没找到理由训斥埃弗拉特了，早已技痒难熬；也许，三者兼而有之……反正，总经理的"骂兴"越来越浓，埃弗拉特近来越来越出名的好脾气也助长了总经理的骂兴。总经理今天可过足了一把训人的瘾，但他丝毫也没注意到埃弗拉特脸上的笑容早已消失，脸色涨成了猪肝一般，手指还在微微抽动。

　　"想干什么就干什么。"

　　听到埃弗拉特的这一声嘟哝，总经理一愣。他对正在挨训的手下突然发出一句自语的情况实在有点儿不适应，而他对于这句话的意思也不清楚，所以一时竟愣住了。

　　"去死吧，浑蛋！"

　　随着这一声大吼，总经理的双眼突然瞪圆了，他无比惊恐地看见埃弗拉特熟练地撩起风衣的衣襟，从腰间抽出一支锃亮的手枪来！

　　接着，就是一声清脆的爆响。

　　总经理的胸前喷出一股血泉。

　　又有两枪打来。总经理肥胖的身躯在子弹的撞击下向后一仰，从他那考究的真皮扶手椅上翻了过去，滚落到地上。

可怕的沉寂笼罩住了整个办公室，能听到的只有埃弗拉特那沉重的呼吸声。周围刚才还幸灾乐祸的人群此刻全大张着嘴僵在原地，那模样简直难看极了。埃弗拉特缓缓扭头扫视着四周，他越看越来气，终于又大声吼了起来："见上帝去吧，你们这些卑鄙的小人！"

随着重新响起的枪声，人们像炸了窝的老鼠一般四散逃窜。埃弗拉特一边开枪，一边用左手从腰间又抽出一支手枪来。两支手枪喷着火舌四下横扫，埃弗拉特兴奋得大声尖叫。一时间，哭喊声、惨叫声、枪声，混合着埃弗拉特的狂笑声，响作一片……

在随后的一刻钟里，埃弗拉特杀气腾腾地提着枪满大楼乱走，遇谁打谁，一边打一边还睁着血红的双眼嘟哝着"想干什么就干什么"这一句话。他一直没察觉出来自"造梦机"出现在他的生活后，他的忍耐力实际已大不如从前了。他本来以为在"造梦机"的帮助下自己已轻轻松松地完成了人格的彻底分裂，可到现在他才发现，他那该死的人格根本就没有分裂，所谓的分裂只不过是虚幻的感觉而已。今天，总经理那没完没了的恶毒滥骂，终于把这个"乖宝宝"的那平日只在梦境之中才会裸露出来的本性给撩拨得彻底大爆发了。

公司总部大楼的人全被埃弗拉特吓得魂飞魄散。聪明一点儿的呢，挨上一枪后不管伤势如何，绝不再动；智商低一点儿的呢，还满地乱滚，结果引得埃弗拉特又送来几颗子弹……枪声沉闷地响着，埃弗拉特间或换了一下弹夹。那场面惨绝人寰，令人作呕……

当尖厉的警笛声传入埃弗拉特的耳中之后，他像被按了开关似的不动了。十几秒钟之后，他慢慢转身走进了电梯间，来到大楼的天台上。

埃弗拉特站在天台的护墙上，风猛烈地拂动他的衣服。大街上，一长串警车驶来。埃弗拉特怔怔地望着它们，突然鼓足力气大声吼道："你们来干什么？他们不过是些不知道痛苦的梦中幻影罢了！"话音刚落，埃弗拉特无比吃惊地发现自己原来竟能发出这么巨大的吼声。

沉默了片刻，埃弗拉特慢慢抬起了握着枪的右手："这一切只是个梦而已，这一切只是个梦而已……"他喃喃地念叨着。埃弗拉特将枪顶在了自己的太阳穴上，扣动了扳机。

大街上的人们只听见一声微弱的脆响，然后就看见一个人像只在林子上空被猎枪击中了的鸟儿一样栽了下来。他连续翻滚了好多圈才落到地上，发出了沉重而巨大的闷响。

埃弗拉特，这个一生潦倒的可怜小职员，这只现代都市森林里的爱做梦的小鸟，就这样结束了他现实与梦境中所有的美梦与噩梦。

太空清道夫 / 王晋康

道德献祭

　　增压室的气密门锁"咔嗒"一声后，只见女主人站在门口，说道："欢迎，从地球来的客人。"

　　门口的不速之客是一对年轻人，明显是一对情侣，穿着雪白的太空服，取下头盔和镀金面罩后露出两张娃娃脸，大约25岁。两人都很漂亮，浑身洋溢着青春的气息。他们的小型太空摩托艇停靠在这艘巨大的X-33L空天飞机的进口，X-33L则锚系在这个形状不规则的黑色小行星上。

　　女主人再次邀请："请进，可爱的年轻人。"气密门在他们身后"咔嗒"一声锁上。小伙子站在门口，多少带着点儿窘迫地说："徐阿姨，请原谅我们的冒昧来访。上次去水星观光旅行时，途中我偶然见到这颗小行星，看到你正在小行星上用激光枪雕刻着什么。蛮荒的小行星，暗淡的天幕，绚烂的激光束，岩石汽化后的滚滚热浪，一个勇敢的孤身女子……我对此印象极深。我从一个退休的飞船船长索罗先生那儿知道了您的名字……索罗船长您认识吧？"

主人笑道："当然，我们是好朋友。"

"可惜当时时间仓促，他未能向我们详细介绍。回到地球后我仔细查阅了近几年的新闻报道，很奇怪，竟然没有您的任何消息。我，不，是我们两个，感到很好奇，所以决定把我们结婚旅行的目的地定在这儿。我们要亲眼看看您的太空雕刻。"

姑娘亲密地挽着女主人的胳臂，撒娇地说："士彬给我讲了这次奇遇，我当时就十分向往！我想您一定不会怪我们打搅的，是吧，徐阿姨？"

女主人慈爱地拍拍她的手背："当然不会，请进。"

她领着两人来到内舱，端出两包软饮料。两位年轻的客人好奇地打量着主人——她大约40岁，服饰很简朴，白色宽松上衣，一袭素花长裙。但她的言谈举止有一种只可意会的高贵气质，源自内心的光辉照亮了她的脸庞。姑娘一直盯着她，低声赞叹着："天哪，您简直就像圣母一样光彩夺目！"

女主人难为情地笑道："你这个小鬼头，胡说些什么呀，你们才漂亮呢！"

几分钟过后，他们已经很熟了。客人自我介绍说，他们叫杜士彬和苏月，都是太空旅游学院的学生，刚刚毕业。主人则说她的名字叫徐放，待在这儿已经15年了。客人们发现，主人在船舱中飘飞着招呼客人时，动作优雅如仙人，但她在裙中的两条腿分明已经有一点儿萎缩了，这是多年太空生活的后遗症。

女主人笑着说:"知道吗?如果不包括索罗、奥尔基等几个熟人的话,你们是第一批参观者。观看后请你们不要见笑,要知道,我完全是一个门外汉,是在 26 岁那年心血来潮突然决定搞雕刻的。现在是否先去看看我的涂鸦之作?"

他们乘坐小型摩托艇绕着小行星飞行。这颗小行星不大,只相当于地球上一座小型的山峰。小行星上锚系的 X-33L 几乎盖住了它表面的四分之一。绕过 X-33L,两个年轻人立即发出一声低低的惊叹——太阳从小行星后方斜照过来,逆光中这群浅浮雕镶着一道金边,显得凹凸分明:一个身材瘦小的中年男子穿着肥大的工作裤,手执一把扫帚低头扫地,长发长须,目光专注;一位老妇提着饭盒立在他侧后,满怀深情地盯着他,她的脸庞上刻满岁月的沧桑。从他们的面容特征看,男子分明是中国人,妇人则高鼻深目,像是一个白人。两个年轻人在面罩后惊讶而好奇地看着,这组雕像的题材太普通了,似乎不该安放到太空中。雕刻的技法也略显稚拙,不过,即使以年轻人的眼光,也能看出雕刻者在其中倾注的深情。雕像平凡的外貌中透出宁静淡泊、宽厚博爱和一种只可意会的高贵。女主人痴痴地看着这两座雕像,久久不语不动。良久,她才在通话器中轻声说:"看,这就是我的丈夫。"

两个年轻人不解地看看那对年迈的夫妇,再看看美貌犹存的女主人。女主人显然看出了他们的怀疑,轻轻叹息一声:"不,那位女士不是我,那是我丈夫的前妻,她比丈夫早一年去世了。你们看，那才是我。"

她指着画面，一名豆蔻年华的姑娘半掩在一棵梧桐树后，偷偷地注视着他们，目光中满怀崇敬和挚爱。这部分画面还未完成，一台激光雕刻机停放在附近。女主人说："我称他是我的丈夫，这在法律上没有问题。在我把他从地球轨道带到这儿以前，我们已在地球上办好了结婚手续。不过，也许我不配称为他的妻子，他们两人一直是我仰视的偶像——而且，一直到去世，我丈夫也不承认他的第二次婚姻。"

这番话更加深了年轻人的怀疑。晚餐（按时间说，应该是地球上的晚餐时间）中，他们狼吞虎咽地吃着食物循环机制造的精美食品。苏月委婉地说："如果方便的话，能否请徐阿姨讲讲雕像上三个人的故事？我们猜想，这个故事一定很感人。"

晚餐之后，在行星的低重力下，女主人轻轻地浮坐在太空椅上，两个年轻人偎在她的膝下，听她娓娓地讲述下面这个故事。

15 年前，我和苏月一样青春靓丽，朝气蓬勃。那天，我到太空运输公司去报到，刚进门就听见我后来的太空船船长喊我："小丫头，你叫徐放吗？你的电话。"

是地球轨道管理局局长的电话，从休斯敦打来的。他亲切地说："我的孩子，今天是你第一天上班，向你祝贺。我知道，你们这些年轻人喜欢讲自立，我支持你离开家庭的保护。不过，万一遇到什么难处，不要忘了邦克叔叔。"

我看见索罗船长目光阴沉地斜睨着我。看来，刚才索罗船长接电话时，邦克叔叔一定没有忘记报他的官衔。我也知道，邦克叔叔在百忙中不忘打来这个电话，是看在我父亲的面子上。我脑子一转，对着电话笑道："喂，你弄错了吧，我叫徐放，不叫苏芳。"

我放下电话，虽然知道邦克叔叔一定在电话那边大摇其头，但仍若无其事地对船长说："弄错了，那个邦克先生是找一个叫苏芳的人。"

不知道这点小花招是否能骗住船长，他虽然怀疑地看着我，却没有再深究。转过头，我看见屋里还有一个人，是一名白人妇女，却穿着中国式的裙装，大约70岁了，满头银发，面容有些憔悴，她正谦恭地同船长说话，这会儿转过脸，微微笑着向我点头示意。

这就是我与太炎先生前妻的第一次见面。玛格丽特给我的印象很深。虽然韶华早逝，又不加装扮，从衣着看是个地道的中国老妇，但她雍容沉静，有一种天然的贵气。她用英语和船长交谈，声音悦耳，很有教养。她说："再次衷心地谢谢你，10年来你一直这么慷慨地帮助我丈夫。我真不知道怎样才能表达我的感激之情。"

澳大利亚人索罗挥手说："不必客气，这是我们应该做的。"

随后船长叫上我，到玛格丽特的厢式货车上卸下一个小巧的集装箱，玛格丽特再次致谢后就走了，索罗客气地同她告别。但即使在25岁的毫无城府的我看来，也能读出船长心中的不快。果然，玛格丽特的小货车一消失，船长就满腹牢骚地咕哝了几句。我奇怪地问："船长，你说什么？"

船长斜睨了我一眼，脸色阴沉地说："如果你想上人生第一课的话，我告诉你，千万不要去做那种滥好人。她丈夫李太炎先生定居在太空轨道，10年前，因为年轻人的所谓正义或冲动，我主动把一具十字架扛到肩上，答应在她丈夫有生之年免费为他运送食物。现在，每次太空运输我都要为此额外花上数万美元，这且不说，轨道管理局的那帮老爷们还一直斜着眼瞅我，对这些'未经批准'的太空飞行耿耿于怀。我知道他们不敢公开制止这件事——让一个70岁的老人在太空饿死，未免太犯众怒。但说不定他们会把火撒到我身上，哪天吊销了我的营运执照。"

那时，我以25岁的幼稚咯咯笑道："这还不容易？只要你不再想做好人，下次拒绝她不就得了！"

索罗摇摇头："不行，我无法开口。"

我不客气地抢白："那就不要在她背后说怪话。既然是你自己允诺的事，就要面带微笑地干到底。"

索罗瞪了我一眼，没有再说话。

三天后，我们的X-33B型空天飞机离开地球，去水星运送矿物。玛格丽特的小集装箱已经放到摩托艇上，摩托艇则藏在巨大的船腹里。船员只有三人，除了船长和我这个新手外，还有一个32岁的男船员，叫奥尔基，乌克兰人。7个小时后，船长说："到了，放出摩托艇吧！"

奥尔基起身要去船舱，索罗摇摇头说："不是你，让徐放小姐去。她一定会面带微笑地把货物送到那个可怜的老人面前——而且终生不渝。"

奥尔基惊奇地看看船长。船长嘴角挂着嘲弄，不过并非恶意，目光里满是揶揄。我知道这是对我冲撞他的小小报复，便气恼地离开座椅："我去！我会在李先生有生之年坚持做这件事——而且不会在背后发牢骚！"

事后我常回想，也许是上帝的安排？我那时并不知道李太炎先生为何许人，甚至懒得打听他为什么定居在太空，但我却以这种赌气的方式做出一生的允诺。奥尔基笑着对我交代了应注意的事项、清道车此刻的方位等，还告诉我，把货物送到那辆太空清道车后先不要返回，等空天飞机从水星返回时，他们会提前通知我，再把我接回来。巨大的后舱门打开了，太空摩托艇顺着斜面滑了下去，落进广袤的太空。我紧张地驾驶着，顾不上欣赏脚下美丽的地球。半个小时后，我的心情才平静下来。就在这时，我发现了那辆"太空清道车"。

这辆车的外观并不漂亮。它是一个呆头呆脑的长方体，表面上除了一圈小舷窗外，外部多处蒙着一种褐色的蒙皮，这使它看起来像只丑陋的癞蛤蟆。在它的左右侧张着两只极大的耳朵，也蒙着那种褐色的蒙皮。后来我才知道，这种蒙皮是超级特夫纶和陶瓷薄板的黏合物，它可以保护清道车不受太空垃圾的破坏，也能尽量减缓它们的速度并最终俘获它们。

几乎在看到清道车的同时，通话器中出现了声音，一个男人在叽里咕噜地说着什么，我辨出"奥尔基"的名字，听到话语中有明显的卷舌音，便恍然大悟，忙喊道："我不是奥尔基，我不会说俄语，请用汉语或英语说话！"

通话器那头改说汉语："欢迎你，地球来的客人。你是一位姑娘？"

"对，我的名字叫徐放。"

"徐放小姐，减压舱的外门已经打开，请进来吧！"

我小心地泊好摩托艇，钻到减压舱里。外门缓缓合拢，随着气压升高，内门缓缓打开。在离开空天飞机前，我曾好奇地问奥尔基："那个独自一人终生待在太空轨道的老人是什么样子？他孤僻吗？性格古怪吗？"奥尔基笑着让我不要担心，说那是一个慈祥的老人，只是模样有点儿古怪，因为他40年没有理发剃须，他要尽量减少太空的遗留物。"一个可怜的老人。"奥尔基黯然地说。

现在，这个老人已经站在减压舱口，他的须发几乎遮住了整个脸庞，只余下一双深陷的、但十分明亮的眼睛。他十分羸弱，枯干的皮肤紧裹着骨骼，让人无端想起那些辟谷多日的印度瑜伽大师。我一眼就看到他的双腿已经萎缩了，在他沿着舱室游飞时，两只细弱无力的仙鹤一样的腿一直拖在后面。但他的双手十分灵活，熟练地操纵着车内的小型吊车，吊下摩托艇上的小集装箱，把另一只集装箱吊上去。"这里面是我一年的生活垃圾和我捕捉的太空垃圾。"他对我说。

我帮着他把新集装箱吊进机舱，打开小集装箱的铁门。玛格丽特为她的丈夫准备了丰富的食品，那天午餐我们尽情享用着这些食品——不是我们，是我。这是我第一次在太空的微重力下进食，对那些管状的、流质的、奇形怪状的太空食品感到十分新鲜。说来好笑，我这位淑女竟成了一个地道的饕餮之徒。老人一直微笑着劝我多吃，把各种精美的食品堆在我面前。撑肠拄腹后，我才注意到老人吃得很少，简直太少了，他只是象征性地往嘴里挤了半管流质食物。我问："李先生，你为什么不吃饭？"他说已经吃好了，我使劲摇头说："你几乎没吃东西嘛，哪能就吃好了？"

老人真诚地说："真的吃好了。这 20 多年来我一直是这样，已经习惯了。我想尽量减少运送食品的次数。"

他说得很平淡，在他的潜意识中，一定认为这是一件人人皆知的事实。但这句平淡的话立刻使我热泪盈眶！心中塞满的又酸又苦的东西，堵得我难以喘息。他一定早已知道妻子找人捎送食物的艰难，20 年来，他一直在死亡的边缘徘徊，用尽可能少的食物勉强维持生命的存在！

看着自己大吃大嚼之后留下的一堆包装，我再也忍不住，眼泪唰唰地淌下来。李先生吃惊地问："怎么啦？孩子，你这是怎么啦？"我哽咽地说："我一个人吃了你半月的食物。我太不懂事了！"

李先生爽朗地笑起来，我真不相信这个羸弱的老人会笑得这么大声："傻丫头，傻姑娘，看你说的傻话。你是难得一见的远方贵客，我能让你饿着肚子离开吗？"

吃第二餐时，我固执地拒绝吃任何食物："除非你和我吃得同样多。"老人没办法，只好陪我一块吃，我这才破涕为笑。我像哄小孩一样劝慰他："不用担心，李先生，我回去之后就去想办法，给你按时送来足够的食物。告诉你一个秘密，是我从不示人的秘密，我有一个有钱有势的爸爸，而且对我的要求百依百从。我拒绝了他给我的财产，甚至拒绝了他的名声，想像普通人那样独立地生活。但这回我要去麻烦他啦！"

老人很感动，也没有拒绝，真诚地说："谢谢你，我和我妻子都谢谢你。但你千万不要送太多的东西，还像过去那样，一年送一次就够了，我真的已经习惯了。另外，"他迟疑地说，"如果这件事在进行中有困难，就不要勉强。"

我一挥手："这你就不用管了！"

此后的两天里，我时时都能感受到他生活的清苦，即使在他爽朗地大笑时，我也能品出苦涩的余味。这种苦味感染了我，使我从一个任性淘气的小女孩在一日之内成人。我像久未归家的女儿那样照顾他，帮他准备饭食，帮他整理卫生。为了不刺伤他的自尊心，我尽可能委婉地问他，为什么他们会落到如此窘迫的地步。李先生告诉我，他的太空清道夫工作完全是私人性质的，这辆造价昂贵的太空清道车也是由私人出资建造。"如果冷静地评价历史，我承认那时的决定太匆忙、太冲动，我和妻子没有很好地宣传，去把这件事变成公共的事业，而是完全的个人奋斗。妻子从英国的父母那儿继承了一笔相当丰厚的遗产，但我上天后，她已经一文不名——不过，我们都没有后悔。"

说这些话时，他的神态很平静，但两眼炯炯放光，一种圣洁的光辉漫溢在他脸上。我的心隐隐作痛，赶紧低下头，不让他看见我的怜悯。第三天收到母船发来的信号后，我穿上太空服，在减压舱口与老人拥别："老人家，千万不要再这样自苦了，三个月后我就会为你送来新的食品，如果那时你没把旧食物吃完，我一定会生气的，我一定不再理你了！"

那时我没有意识到，我说着这些幼稚的话，就像一个七八岁的女孩在扮演小母亲。老人慈爱地笑了，再次与我拥别，并郑重交代我代他向索罗船长和奥尔基先生致谢："他们都是好人，因为我而惹了不少麻烦。我难以表达对他们的感激之情。"

太空摩托艇离开清道车，我回头张望，透过摩托艇橘黄色的尾光，我看见那辆造型丑陋的太空清道车孤零零地行进在轨道上，身影越来越小，很快隐于暗淡的天幕。往前看，X-33B已经在天际闪亮。

奥尔基帮我脱下太空衣，来到指挥舱，索罗船长仍在嘴角挂着揶揄的微笑，他一定在嘲笑我："徐小姐，你把那具十字架背到身上了吗？"我微笑着一直没有开口。我觉得自己已经受到李先生的感化，有些东西必须包在沉默中才更有力量。

一个月后，我驱车来到李先生的家里，他家在北京近郊的一个山脚下，院子十分宽敞，低矮的篱笆参差不齐，是一个典型的中国式的农家院落。只有院中一些小角落会露出一些西方人的情趣，像晾台上悬挂的白色木条凉椅，院中的鸽楼，在地上静静啄食的鸽群……玛格丽特热情地接待我。在中国生活40年，她已经相当中国化了，如果不是银发中微露的金色发丝，和一双蓝色的眼睛，我会把她当成一个地道的中国老太太。

40年的贫穷在她身上留下了明显的印记，她的身体很瘦弱，容貌也显得憔悴，但她的拥抱却十分有力。"谢谢你，真诚地感谢你。我已经和太炎通过电话，他让我转达对你的谢意。"

我故意嘟着嘴说："谢什么？我一个人吃了他一个月的口粮。"

玛格丽特笑了："那么我再次谢谢你，为了你这样喜欢我准备的食品。"

我告诉玛格丽特，我已经联系好下一次的"顺车"，是三个月后往月球的一次例行运输，请她事先把要送的东西准备好。"如果你在经济上有困难的话，"我小心地说，希望不会刺伤她的自尊心，从她家中的陈设看，她的生活一定相当窘迫，"要送的物品我也可以提供一些帮助，你只用列一个清单就行了。"

玛格丽特笑着摆手："不，不，谢谢你的慷慨，不过确实用不着，你能为我们解决运输问题，我已经很感激了。"

那天，我在她家中吃了午饭，饭菜很丰盛，既有中国的煎炸烹炒，又有英国式的甜点。饭后，玛格丽特拿出十几本相簿让我看。在一本合影上，两人都戴着博士方帽，玛格丽特正当青春年华，美貌逼人，李先生则多少有些拘谨和少年老成。玛格丽特说："我们是在大学读文学博士时认识的，他那时就相当内向，不善言谈。你知道吗？他的父亲是·个清道夫，就在大学附近的大街上清扫，家庭条件比较窘迫，恐怕这对他的性格不无影响。在与同学的交往中，他会默默地记住别人对他的点滴恩惠，认真到迂腐的地步。你知道，这与我的性格并不相合。但不知道为什么，我不知不觉地开始和他交往，直到成为恋人。他有一种清教徒般的道德光辉，可能是这一点逐渐感化了我。"

我好奇地问："究竟是什么契机，使你们选择了共同的生活和共同的终生事业？"

玛格丽特从相簿中翻出两张发黄的报纸，她轻轻抚摸着，沉浸于往事。良久她才回答我的问话：

"说来很奇怪，我们选择了一个终生的事业，也从没有丝毫后悔，但我们却是在一时冲动下做出的决定，这是很轻率的。你看这两张剪报。"

我接过两份剪报，一份是英文的，一份是中文的，标题都相同："太空垃圾威胁人类安全。"文中写道："最近几十年来，人们不仅把地球弄得肮脏不堪，而且宇宙中也有 3000 吨垃圾在乱飞，到 2010 年，垃圾会增加到一万吨。仅直径 10 厘米的大碎块就会有 7500 吨，其中一些我们用望远镜就能看到。

"考虑到这些碎块在地球轨道上的速度，就连直径仅为 1 厘米的小铁块都能给宇宙飞船带来灾难。飘荡在地球上空的核动力装置具有特别的危险性。到下个世纪，轨道上将有上百个核装置，其中含有 1 吨多的放射性物质。这些放射性物质总有一天会掉到人们的头上，就像 1978 年苏联的'宇宙 -954'掉在加拿大北部一样。

"科学家提出，可以用所谓的'宇宙扫雷舰'即携带激光炮的卫星来专门消灭宇宙中最具危险性的放射性残块。但这项研究也遭到强烈的反对，怀疑者认为，在环地球空间使用强力激光会导致这个空间发生不可逆的化学变化，引起空间变暖。

"我们已经在地球上进行了许多破坏性的工作，今天它已在对我们进行报复：肮脏的用水、不断扩大的沙漠、被污染的空气，等等。太空何时开始它的报复？可以肯定的是，这种报复比起地球的报复要厉害得多。"

"那天，太炎带着这张报纸到我的研究生宿舍，我从来没见过他这样激动。他喃喃地说:'人类是宇宙的不肖子孙,人类发展到现在,已经成了急功近利的技术动物。我们污染了河流,破坏了草场,污染了南北极,现在又去糟蹋太空。我们应该站出来大声疾呼,不要再戕害地球母亲和宇宙母亲。'我说:'人类已开始认识到这一点了,世界范围内的环境保护运动已经蓬勃开展,即使在中国这样的发展中国家,人们也逐渐树立了环保意识。'但太炎说的一番话确实使我如遭锥刺,那是一种极为尖锐的痛觉。"

我奇怪地问:"他说什么?"

"他说,这不够,远远不够。人类有了环保意识是一个进步,但坦率地说,这种意识仍是建立在功利主义基础上的——我们要保护环境,这样才能更多地向环境索取。不,我们对大自然必须有一份赤子之爱才行。"

这番话使我很茫然,可能我在下意识地摇头,玛格丽特看看我,微笑着说:"当时我也不理解这些话,奇怪他怎么会有这种宗教般的虔诚?后来,我曾随他到他的家乡小住,亲眼看见两件事,才理解他这番话的含义。"

她在叙述中常沉湎于回忆,我那时已听得入迷,孩子气地央求:"哪两件事?你快说嘛。"

玛格丽特娓娓道来:"离他家不远,有一个年近 60 岁,靠拾破烂为生的老妇人。十几年来,她一共拾了 12 名残疾弃儿,全带回家中养了起来。新闻媒介报道之后,我和太炎特意去看过。那是怎样一种凄惨的情形呀。看惯北京的高楼大厦，我想不到还有如此赤贫的家庭。12名弃儿大多在智力上有残疾，他们简直像一群肮脏的猪崽，在这个猪窝一样的家里滚来爬去。那时我确实想，如果放任这些痴傻的弃儿死去，也许对社会、对他们自己，都未尝不是件好事。太炎特意去问那个鲁钝的农村妇女，问她为什么把这么多非亲非故的弃儿都领养起来。那位老妇在极度的贫困和劳累中已经麻木了，低着头，表情死板，嗫嚅着说，她也很后悔，这些年全靠邻居们，你帮一把，他给两口，才勉强没让这些娃儿们饿死，日子真难哪。可是只要听见垃圾箱里有婴儿在哭，她还是忍不住要捡回来，也许是女人的天性吧！"她叹息道，"我听过多少豪壮的话、睿智的话，但都比不上这句话给我的震撼。我们悄悄留了一笔款子便走了，这位'有女人天性'的伟大女性始终留在我的记忆中。"

她停下来，很久很久不再说话，我催促道："另一件事呢？"

"也是在他家附近。一个男人在50岁时突然决定上山植树，于是一个人搬到荒山上，一去就是20年。在他71岁时，新闻媒介才发现他，把他树为绿化的典型。我和太炎也去采访过他，问他，是什么力量支持他独居山中20年，没有一分钱的酬劳。那人皮肤粗糙，满手老茧，整个人就像一株树皮皲裂的老树，但目光中满是知识分子的睿智。他淡淡地说：你可以说是一种迷信吧！老辈人说，这座山是神山，山上的一草一木、走兽飞虫都不敢动的，动了就要遭报应。祖祖辈辈都相信，都怀着敬畏，这儿也真的风调雨顺。'大跃进'时，我们破除了迷信，对这些传说嗤之以鼻，雄赳赳气昂昂地砍光满山的古树——后来也真的遭了报应。痛定之后我就想，人类真的已经如此强大，可以伤天并且不怕报应吗？当然，所谓神山，所谓现世报，确实是一种浅薄的迷信。但当时谁能料到，这种迷信恰好暗合我们今天才认识到的环保理论？在我们嗤笑先人的迷信时，后人会不会嗤笑我们的幼稚狂妄、不自量力呢。我想，我们还是对大自然保留一份敬畏为好。当年砍树时我造了孽，那就让我用种树当作忏悔吧！"

玛格丽特说："我生长在一个天主教家庭，过去对没有宗教信仰的中国人多少有点儿偏见，有点儿异己感，但这两件事让我发现了中国社会中的'宗教'，那是延续了 5000 年、弥漫于无形中的人文思想和伦理观念。太炎在这两次采访后常陷入沉思，喃喃地说要为地球母亲尽一份孝心。"她笑道，"说来很简单，在那之后，我们就结婚了，也确立了一生的志愿：当太空清道夫，实实在在地为地球母亲做一点儿事。我们想办法建造了那辆清道车，太炎便乘坐那辆车飞上太空，从此再没有回来。"

她说得很平淡，但我却听得热泪盈眶。我说："我已经知道，正是你倾尽自己的遗产，为李太炎先生建造这辆太空清道车，此后你一贫如洗，不得不迁居到这个山村。在新闻热过后，国际社会把你们彻底遗忘了，你不得不独力承担太空车的后勤保障，还得应付世界政府轨道管理局明里暗里的刁难。"

玛格丽特淡淡地说："轨道管理局本来要建造两艘太空扫雷艇，因为有了清道车的先例，国际绿色组织全力反对，说用激光清除垃圾会造成新的污染，扫雷艇计划因而一直未能实施。轨道管理局争辩说，单是为清道车送给养的摩托艇所造成的化学污染，累积起来已经超过激光炮所造成的污染了！也许他们说的不无道理。"她叹息道："可惜，建造这辆车时没有考虑食物再生装置，这是我最大的遗憾。"

我在她的平静中听出苦涩，便安慰道："不管他们，以后由我去和管理局的老爷们打交道——对了，我有一个主意，下次送给养时，我代替李先生值班，让他回到地球同你团聚三个月。对，就这样干！"

我为自己想到这样一个好主意而眉飞色舞，玛格丽特略带惊异地看看我，苦涩地说："原来你还不知道……他已经不能回到地球了！我说过，这件事基本上是私人性质的，由于缺乏经验，他没有经过系统的训练，没有医生的指导，在太空停留的时间太长，这些加起来，对他的身体造成了不可逆的伤害。你可能已经看到，他的双腿萎缩了，实际上更要命的是，他的心脏也萎缩了，已经不能适应有重力的生活了！"

我顿觉一盆冰水劈头浇下……这时我才知道，这对夫妇的一生是怎样的悲剧。他们就像中国神话中的牛郎织女，可以听到对方的声音，却终生不得相逢。我呆呆地看着她，泪水开了闸似的汹涌流淌。玛格丽特手足无措地说："孩子，不要这样！不要哭……我们过得很幸福，很满足，是真的！不信，你来看。"

她拉着我来到后院。在一片茵茵绿草之中，有一座不算太高的假山，近前看，原来是一座垃圾山，堆放的全是从太空中回收的垃圾——各种各样的铝合金制品、钛合金制品、性质优异的塑料制品，它们堆放多年之后仍然闪亮如新。

玛格丽特欣喜地说："看吧，全是40年来太炎从太空中捡回来的。我仔细统计过，截至今天有13597件，共计1298吨。要是这些东西还在太空中横冲直撞，会造成多大危险？所以，你真的不必为我们难过，我们两人以自己的微薄之力为地球母亲尽了一份心力，一生是很充实的，一点都不后悔！"

我慢慢安静下来，真的，在这座垃圾山前，我的心灵被彻底净化了，我也像玛格丽特一样，感受到了心灵的恬静。回到屋里，我劝玛格丽特："既然李先生不能回来，你愿意到太空中去看看他吗？我能为你安排的。这并不是太困难的事情。"

玛格丽特凄然一笑："很遗憾，早几年没碰到你，现在恐怕不行了，我的身体已经太差，不能承受太空旅行，我想尽量多活几年以便照顾太炎。不过我仍然感谢你，你是一个心地善良的好姑娘。"她拉着我的手说："如果我走到他前边，你能不能替我照顾他呢？"

我从她的话语中听出了不祥，忍住泪说："你放心吧，我一定记着你的托付。"也许，那时我已经下意识地做出了自己的人生抉择，我调皮地说："可是，我该怎么称呼你呢？我既不想称你李奶奶，也不想叫你阿姨。请你原谅，我能唤你一声麦琪姐姐吗？"

　　玛格丽特可能没有猜中我的小心眼，她慈爱地说："好的，我很喜欢能有这样一个小妹妹。"

　　四个月后，我再次来到李先生的太空清道车上。这次业务是我争取来的，索罗船长也清楚这一点。他不再说怪话，也多少有些难为情，张罗着把太空摩托艇安置好，脸红红地说："请代我向李先生致意，说心里话，我一直都很钦佩他。"

　　我这才向他转达上次李先生对他的致意。我笑道："船长，我知道你是一个好人，天下最好的好人，这是上次李先生告诉我的。"索罗听后难为情地挥了挥手。

　　当我在广袤的太空背景下用肉眼看见那艘清道车时，心里甜丝丝的，有一种归家的感觉。李先生急不可耐地在减压舱门口迎接我："欢迎你，可爱的小丫头。"

　　在这之前，我同他多次通话，已经非常熟稔了。我故意嘟着嘴说："不许喊我小丫头，玛格丽特姐姐已经认我做妹妹，你也要这样称呼我。"

　　李先生朗声大笑："好，好，有这样一个年轻漂亮的小妹妹，我会觉得年轻的！"

我刚脱下太空服，就听见响亮的警报声。李先生立即说："又一块太空垃圾！你先休息，我去捕捉它。"

在那一瞬间，他好像换了一个人，精神抖擞，目光发亮，动作敏捷。电脑屏幕上打出这块太空垃圾的参数：尺寸 230 毫米 × 54 毫米，估重 2.2 千克，速度每秒 8.2 千米，轨道偏斜 12 度。然后电脑自动调整方向，太空车开始加速。李先生全神贯注地盯着屏幕，回头简单地解释说："我们的清道车使用太阳能作能源，交变磁场驱动，对环境是绝对无污染的。这在 40 年前是最先进的技术，即使到今天也不算落后。"他的语气中充满自豪。

我趴在他身后，紧紧地盯着屏幕。现在离这块卫星碎片只有 2 千米的距离了。李先生按动一个电钮，两只长长的机械手"唰唰"地伸出去，他把双手套在机内的传感手套上，于是两只机械手就精确地模拟他的动作。马上就要与碎片相遇了，李先生虚握两拳凝神而待，就像虚掌待敌的武学大师。

我在他的身后不敢喘气。虽然清道车已经尽量与碎片同步，但它掠过头顶时仍如一个流星，我几乎难以看清它。就在一瞬间，李先生疾如闪电地一伸手，两只机械手一下子抓住了那块碎片，然后慢慢缩回来。它们的动作如此敏捷，我的肉眼根本分辨不出机械手指的张合。

我看得目醉神迷。他的动作优雅娴熟，巨大的机械手臂已经成了他身体的外延，使用起来是如此得心应手。我眼前的李先生不再是双腿萎缩、干瘪瘦小的垂垂老人，而是一只颈毛怒张的敏捷雄狮，是一个有通天彻地之能的宇宙巨人。多日来，我对他的怜悯多于尊敬，但这时我的内心已被敬畏和崇拜所充溢。

机械手缩回机舱内，捧着一块用记忆合金制造的卫星天线残片。先生喜悦地接过来，说："这是我的第 13603 件战利品，算是我送给麦琪的生日礼物吧！"

他仍是那样瘦弱，枯槁衰老的面容藏在长发长须里。但我再也不会用过去的眼光看他了。我知道盲人常有特别敏锐的听觉和触觉，那是他们把自己被禁锢的生命力另从这些孔口迸射出来。我仰视着这个双腿和心脏已萎缩的老人，这个依靠些微食物维持生命的老人，他把自己的生命力一点一滴地节约下来，储存起来，当他做出石破天惊的一抓时，他那被浓缩的生命力在一瞬间做了何等灿烂的迸射！

面对我的专注目光，李先生略带惊讶地问："你在想什么？"我这才从冥思中清醒过来，没来由地羞红了脸，忙把话题岔开。我问："今天是玛格丽特姐姐的生日吗？"

老人点点头："严格说是明天。再过半个小时我们就要经过日期变更线，到那会儿，我会给她打一个电话祝贺生日。"他感叹地说，"这一生，她为我吃了不少苦，我真的感激她。"

之后他就沉默了，我屏声息气，不敢打扰他对妻子的思念。等到过了日期变更线，他拨通了家里的电话。电话铃一遍又一遍地响着，却一直没人接。老人十分担心，喃喃地重复着："现在是北京时间早上 6 点，按说这会儿她应该在家呀！"

我尽力劝慰，但心中也有抹不去的担心。直到我快离开清道车时才得到确切的消息：玛格丽特因病住院了。在离开太空清道车前，我尽力安慰老人："你不用担心，我一回地球马上就去看她。我要让爸爸为她请最好的医生，我会每天守在她身边——即使你回去，也不会有我照顾得好。你放心吧！"

"谢谢你了，心地善良的好姑娘。"

回到 X-33B，索罗船长一眼就看见我红红的眼睛，他关切地问："怎么啦？"我坐上自己的座椅，低声说："玛格丽特住院了，病一定很重。"索罗和奥尔基安慰几句后，回过头继续驾驶。过了一会儿，船长忽然没头没脑地骂了一句："这些浑蛋！"

我和奥尔基奇怪地看看他。他沉默很久才说："听说轨道管理局的老爷们要对太空清道车实行强制报废。理由是它服役期太长，万一在轨道上彻底损坏，又要造成一大堆太空垃圾。客观地说，他们的话不无道理，不过……"

他摇摇头，不再说话。

回到地球，我履行了对老人的承诺，但医生们还是未能留住玛格丽特的生命。

在弥留之际的最后两天，她一定要回到自己的家。她婉言送走了所有的医护，仅留我一人陪伴。在死神降临前的回光返照中，她的目光十分明亮，面容上蒙着恬静圣洁的柔光。她用瘦弱的手轻抚我的手背，两眼一直看着窗外的垃圾山，轻声说："这一生我没有什么遗憾，我和太炎尽自己的力量回报了地球母亲和宇宙母亲。只是……"

那时，我已经做出了自己的人生抉择，我柔声说："麦琪姐姐，你放心走吧，我会代你照顾太炎先生，直到他百年。请你相信我的承诺。"

她紧紧握住我的手，挣扎着想坐起来。我急忙阻止了她，她喘息着，目光中透着复杂，我想她一定是既欣慰，又不忍心把这副担子砸在我的肩上。我再一次坚决地说："你不用担心，我一旦下了决心就不会更改。"

她喃喃地说："难为你了啊！"

她紧握住我的手，安详地睡去，慢慢地，她的手指失去了握力。我悄悄抽出手，用白色的布单盖住了她的脸。

第三天，待她的遗体火化已毕，我立即登上去往休斯敦的飞机，那儿是轨道管理局的所在地。

秘书小姐涂着淡色的唇膏，长长的指甲上涂着银色的指甲油，她亲切地微笑着说："女士，你和局长阁下有预约吗？请你留下姓名和住址，我安排好时间后会通知你的。"

我笑嘻嘻地说："麻烦你现在就给老邦克打一个电话，就说小丫头徐放想见他。也许他正闲暇呢！"

秘书抬眼看看我，拿起内线电话机低声说了几句。她很快放下话筒，笑容更亲切了："徐小姐请，局长在等你。"

邦克局长在门口迎候我，慈爱地吻吻我的额头："欢迎，我的小百灵，你怎么想起了老邦克？"

我笑着坐在他面前的转椅上："邦克叔叔，我今天可是来兴师问罪的。"

他坐回自己的转椅上，笑着把面前的文件推开，表示在认真听我的话："说吧，我在这儿恭候——是不是李太炎先生的事？"

我惊奇地看看他，直率地说："对。听说你们要强制报废他的太空清道车？"

邦克叔叔耐心地说："一点儿不错。李太炎先生是一个虔诚的环境保护主义者，是一个苦行僧式的人物，我们都很尊敬他。但他使用的方法未免太陈旧。我们早就计划建造 1 至 2 艘太空扫雷舰，效率至少是那辆清道车的 20 倍。有了两艘扫雷舰，两年之内，环地球空间内便不会再有任何垃圾了。但是你知道，绿色组织以那辆清道车为由，搁浅了这个计划。这些只会吵吵嚷嚷的蠢不可及的外行！他们一直叫嚷着扫雷舰的激光炮会造成新的污染，这种指责实际上并没有多少科学根据。再说，那辆清道车已经投入运行近 40 年，太陈旧了，一旦彻底损坏，又将变成近百吨的太空垃圾。还有李太炎先生本人呢！我们同样要为他负责，不能让他在这辆危险的清道车上待下去了！"

我抢过话头："这正是问题所在。在 40 年的太空生活之后，李先生的心脏已经萎缩，已经不能适应有重力的生活！"

邦克叔叔大笑起来："不要说这些孩子话，太空医学发展到今天，难道还能对此束手无策？我们早已做了详尽的准备，如果医学无能为力，我们就为他建造一个模拟太空的无重力舱。放心吧，孩子！"

来此之前，我从索罗船长和其他人那儿听到过一些闲言碎语，窝着一肚子火来找老邦克吵架。但听了他合情入理的解释后，我又欣慰又害羞地笑了。邦克叔叔托我劝劝李先生，不要太固执己见，希望他快点儿回到地球，过一个温馨的晚年。"他能听你的劝告吗？"他笑着问。我自豪地说："绝无问题！他一定会听从我的劝告。"

下了飞机，我没有在北京停留，租了一辆车便直奔玉泉山，那里有爸爸的别墅。我想请爸爸帮我拿个主意，把李先生的晚年安排得更妥当一些。妈妈对我能回家可以说是惊喜交加，抱着我不住嘴地埋怨，说我心太狠，四个月都没有回家了："人家说，嫁出去的闺女，泼出去的水，你还没嫁呢，就不知道往家里流了！"爸爸穿着休闲装，叼着烟斗，站在旁边只是笑。等妈妈的母爱之雨下够一个阵次，他才拉着我坐到沙发上："来，让我看看宝贝女儿长大了没有。"

我亲热地偎在爸爸怀里。我曾在书上读过一句刻薄话，说人的正直与财富成反比。也许这句愤世之语不无道理，但至少在我爸身上，这条定律是不成立的。我自小就钦佩爸爸的正直仁爱，心里有什么话也从不瞒他。我叽叽呱呱地讲了我的休斯敦之行，讲了我对李太炎先生的敬慕。我问他，对李先生这样的病人，太空医学是否有绝对的把握？爸爸的回答在我心中留下阴影，他说他知道有关太空清道车报废的消息，恰巧昨天太空署的一位朋友来访，他还问到这件事，"那位朋友正是太空医学的专家，他说只能尽力而为，把握不是太大，因为李先生在太空的时间太长了，40 年啊，还从未有过先例。"

我的心开始下沉，勉强笑道："不要紧，医生无能为力的话，他们还准备为李先生特意造一间无重力室呢！"

爸爸看看我，平静地问："是否已经开始建造？太空清道车强制退役的工作下周就要实施了。"

我一下子懵了，目光呆滞地瞪着爸爸，又将目光移走。回到自己的卧室后，我立即给航天界的所有朋友都拨了个电话，他们都证实了爸爸的话：那项计划下周就要实施，但没有听说建造无重力室的消息或计划。

索罗说："不可能吧，一间无重力室造价不菲，管理局的老爷们会为一个垂暮老人花这笔钱？"

我总算从梦中醒过来了。邦克叔叔唯一放在心上的，是让这个惹人讨厌的老家伙从太空中撤下来，他们当然会为他请医生，为他治疗——假若医学无能为力，那也不是他们的本意。他们也曾计划为受人爱戴的李先生建造一间无重力室，只可惜进度稍慢了一点儿。一个风烛残年的垂垂老人，发生一点儿意外，人们是可以理解的。

我揩干眼泪，在心底为自己的幼稚冷笑。在这一瞬间，我做出一个抉择，或者说，在人生的天平上，我把最后一颗小小的砝码放到了这一边。我起身去找父亲，在书房门外，我听见他正在打电话，从听到的片言只语可知，他显然是在同邦克通话，而邦克局长也承认了（至少是含糊地承认了）我刚刚明白的事实。爸爸正在劝说，但显然他的影响力这次未能奏效。我推门进去时，爸爸正好放下听筒，表情阴郁。

我高高兴兴地说："爸爸，不必和老邦克磨牙了，我已经做出自己的决定。"

我唤来妈妈，在他们的震惊中平静地宣布，我要同太炎先生结婚，代玛格丽特照顾他直到百年。我要伴他到小行星带，找一个合适的小行星，在那儿生活。我希望爸爸把他的私人空天飞机送给我，这是我唯一想得到的遗产。父母的反应是可想而知了，在他们整整三天的哭泣、怒骂和悲伤中，我一直平静地重复着自己的决定。最后，睿智的爸爸首先认识到不可更改的结局，他叹息着对妈妈说："不必再劝了，随女儿的心意吧！你要想开一点儿，什么是人生的幸福？我想不是金钱豪富，不是名誉地位，而是顺应自己的心愿，织出心灵的恬静。既然女儿主意已定，咱们何必干涉呢？"他语重心长地对我说："放儿，我们答应你，也请你许诺一件事。等太炎先生百年之后，等你生出回家的念头之时，你要立即告诉我们，不要赌气，不要爱面子，你能答应吗？"

"我答应。"我感动地扑入父母的怀抱，三人的热泪流淌在一起。

爸爸出面让轨道管理局推迟了那个计划的实施时间。三个月后，索罗驾驶着他的 X-33B，奥尔基和我驾驶着爸爸的 X-33L，一同来到李先生身边，告诉他，我们不得不执行轨道管理局的命令。李先生已经有了思想准备，只是悲伤地叹息着，看着我们拆掉清道车的外围部件，连同本体拖入 X-33B 的大货舱，他自己则随我来到另一艘飞船。然后，在我的飞船里，我微笑着说了我的安排，让他看了我在地球上办好的结婚证。李先生在极度震惊之后是勃然大怒。

"胡闹！你这个女孩儿实在胡闹！"

他在激怒中气喘吁吁，脸庞涨红。我忙扶住他，真诚地说："太炎先生，让我留在你的身边吧，这是我对玛格丽特姐姐的承诺啊！"

在索罗和奥尔基的反复劝说下，在我的眼泪中，他总算答应我"暂时"留在他身边。但他却执意写了一封措辞坚决的信件，托索罗带回地球。他在信中宣布，这桩婚姻没有征得他的同意，又是在他缺席的情况下办理的手续，因而是无效的。索罗船长询问地看看我，我点点头："就照太炎先生的吩咐办吧，我并不在乎什么名分。"

我们的飞船率先点火启程，驶往小行星带。索罗和奥尔基穿着太空服飘飞在太空，向飞船用力挥手。透过面罩，我看见那两个刚强的汉子都已泪流满面。

"我就这样来到了小行星带，陪伴太炎先生度过他最后的两年。"女主人娓娓地说，她的面容很平静，没有悲伤。她笑着说："我曾以为，小行星带一定是熙熙攘攘的，尽是飞速奔跑的小石头，不知道原来是这样空旷寂寥。这是我们见到的第一颗小行星，至今我还不知道它的编号哩！我们把飞船锚系在上面，便开始我们的隐居生活。太炎先生晚年的心境很平静，很旷逸——但他从不承认我是他的妻子，而是一直把我当作他的爱女。他常轻轻捋着我的头发，讲述他的一生，也常望着地球的方向出神，回忆在太空清道车上的日日夜夜。他念念不忘的是，这一生他没能把环地球空间的垃圾清除干净，这是他唯一的遗憾。我精心照顾着他的饮食起居，这次我在 X-33L 上可没忘记装食物再生机，不过先生仍然吃得很少，他的身体也日渐衰弱。我总在想，他的灵魂一半留在地球轨道上，一半已随玛格丽特进入了天国。这使我不免懊丧，也对他更加钦敬。直到两年后的一天，先生突然失踪。"

那对入迷的年轻人低声惊呼道："失踪？"

"对。那天，我刚为他庆祝了 75 岁生日。第二天应是玛格丽特两周年的忌日。一觉醒来，他已经不见了，电子记录簿上写着：'我的路已经走完。永别了，天使般的姑娘，快回到你的父母身边去！'我哭着奔向减压舱，发现外舱门大开着，他一定是从这儿回到了宇宙母亲的怀里。"

苏月止不住猛烈地啜泣着，徐放把她揽到怀里，说："不要这样，悲伤与哭泣不是他的希望。我知道，太炎先生这样做，是为了让我早日回到人类社会中去。但我至今没有回地球，我在那时突然萌生一个志愿：要把两个平凡人的伟大形象留在宇宙中。于是，我就开始在这颗行星上雕刻，到今天已经 15 年了。"

在两个年轻人的恳请下，他们乘摩托艇再次观看了雕像。太炎先生仍在神情专注地扫地，在太空永恒的静谧中，似乎能听见这对布衣夫妇的低声絮语。徐放轻声笑道："告诉你们，这可不是我最初的构思。那时我总忘不了太炎先生用手抓流星的雄姿，很想把他雕成太空超人之类的英雄。但我最终雕成现在的这个样子，我想这种平凡更符合太炎夫妇的人格。"

这对年轻夫妇很感动，怀着庄严的心情瞻仰着。回到飞船后，苏月委婉地说："徐阿姨，对这组雕像我只有一点小小的意见：您应从那株树后走出来，我发现您和玛格丽特奶奶长得太像了！你们两人身上都有圣母般的高贵气质。"

很奇怪，听了这句话后，杜士彬突然之间也有了这种感觉，而且越来越强烈。实际上，她们一人是金发深目，一人是黑发圆脸，两人的面貌根本不相像。徐放摆摆手，开心地笑了起来。她告诉二人，这雕像很快就要收尾了，那时她将告别两位老人，回到父母身边去："他们都老了，急切地盼着见我，我也一样，已经归心似箭了！"

苏月高兴地说："徐阿姨，你回去时一定要通知我，我们到太空站接您！"杜士彬也兴奋地说："我要赶到这儿来接您！"徐放微笑着答应。

他们收到了大飞船发来的信号，两位年轻人与她告别，乘太空摩托艇返回。当他们回头遥望时，看见那颗小行星上闪亮着绚丽的激光。

失去它的日子 / 王晋康

白痴时代

在宇宙爆炸的极早期（10～35秒），由于反引力的作用，宇宙经历了一段加速膨胀阶段。这个暴涨期极短，10～33秒后即告结束。此后，反引力转变为正引力，宇宙进入减速膨胀，直到今天。

可以想见，两个阶段的结合使宇宙本身产生了疏密相接的孤立波。这道原生波之所以一直被人遗忘，是因为它一直处于膨胀宇宙的前沿。不过，一旦宇宙停止膨胀，孤立波就会在时空边界上反射，调头扫过"内宇宙"——也许它在昨天已经扫过了室女超星系团、银河系和太阳系，而人类没有觉察。因为它是"通透性"的，宇宙的一切——空间、天体、黑洞、星际弥散物质，包括我们自身，都将发生完全同步的胀缩。因此，没有任何"震荡之外"的仪器能记录下这个（或这串）波峰。

摘自靳逸飞著《大物理与宇宙》

8月4日　晴

虽然我们老两口都已退休了，早上起来仍像打仗。我负责做早饭，老伴如苹帮30岁的傻儿子穿衣洗脸。逸壮还一个劲儿地催促妈妈："快点儿，快点儿，别迟到了！"老伴轻声细语地安慰他："别急别急，时间还早着哩！"

两年前，我们把他送到一个很小的瓶盖厂——21世纪竟然还有这样简陋的工厂——不为挣钱，只为他的精神能有点儿安慰。这步棋真灵，逸壮在厂里干得很投入、很舒心，连星期日也闹着要去厂里呢。

30年的孽债呀。

那时我们年轻，少不更事。怀上逸壮5个月时，夫妻吵了一架，如苹冲到雨地里，淋了一场雨，发了几天的高烧，儿子的弱智肯定与此有关。为此，我们终生对逸壮抱愧，特别是如苹，一辈子含辛茹苦、任劳任怨，有时傻儿子把她的脸都打肿了，她也从未发过脾气。

不过，逸壮不是个坏孩子，平时他总是快快活活的，手脚勤快，知道孝敬父母，疼爱弟弟。他偶尔的暴戾与性成熟有关。他早已进入青春期，有了爱慕的异性，但我们却无法满足他这个很正当的要求。有时候，见到街上的或电视上的漂亮女孩，他就短暂的精神失控。如苹不得不给他服用药物，服药后的几天里他会蔫头耷脑的，让人心疼。

除此之外，他真的是一个心地良善的好孩子。

老天是公平的，他知道我们为逸壮吃的苦，特地给了我们一个神童作为补偿。逸飞今年才 25 岁，已经进了科学院，在国际上也小有名气。邻家崔嫂不大懂人情世故，见到逸壮，总要为哥儿俩的天差地别感慨一番。开始时，我们怕逸壮难过，又是使眼色又是打岔；后来发现逸壮并无此念，他反倒很乐意听别人夸自己的弟弟，听得眉飞色舞的，这使我们又高兴又难过。

招呼大壮吃饭时，我对老伴说："给小飞打个电话吧，好长时间没有他的消息了。"我接通电话，屏幕上闪出一个二十七八岁的女子，不是特别漂亮，但是极有气质——虽然她只是穿着睡衣，但她的眉眼间透着雍容与自信，一看就知道是大家闺秀型的女孩子。看见我们，她从容地说："是伯父伯母吧，逸飞出去买早点了，我在收拾屋子。有事吗？一会儿让逸飞把电话打回去。"我说："没事，这么多天没见他，爹妈惦记他。"女孩子说："他很好，就是太忙，不知道他忙的是什么，他研究的东西我弄不大懂。对了，我叫君兰，姓君，名兰，这个姓比较少见，所以报了名字后常常有人还追问我的姓。我是写文章的，和逸飞认识一年了。那边坐着的是逸壮哥哥吧，代我向他问好。再见。"

挂了电话，我骂道："小兔崽子，有了对象也不说一声，弄得咱俩手足无措，人家君兰倒反客为主，说话的口气比咱们还家常。"老伴担心地说："看样子，她的年龄比小飞大。"我说："大两岁好，能管住他，咱们就少操心了。这位君兰的名字我在报上见过，是京城有点儿名气的女作家。"这当儿，逸壮一直在远远地盯着屏幕，他疑惑地问："这是飞弟的媳妇，飞飞的媳妇不是青云？"我赶紧打岔："快吃饭，快吃饭，该上班了。"

逸壮骑自行车走了，我仍悄悄跟在后边当保镖。出了大门，碰见青云也去上班，她照旧甜甜地笑着，问了一声"靳伯早"。我看着她眼角的细纹，心里不落忍。中学时，小飞跳过两级，比她小两岁。她今年该是27岁了，但婚事迟迟未定。我估摸着她还是不能忘情于小飞。小飞跳到她的班级后，两人的成绩在班里都是拔尖儿的：青云是第一，小飞则在二至五名之间跳动。我曾当着青云的面，督促小飞向她学习。青云谦虚地说："靳伯，你千万别这么说。我这个'第一'是熬夜流汗硬拼出来的，小飞学得多轻松！篮球、足球、围棋、篆刻、乐器，样样他都会一手。我好像从没见他用功，但功课又从没落到人后。靳伯，有时候我忍不住嫉妒他，爹妈为啥不给我生个像他那样的好脑瓜呢！"

那次谈话中，她言语中的"悲凉"给我留下很深的印象，那不像是一个高中女孩的表情，所以十年后我还记得清清楚楚。或许当时她已经有了预感？在高三时，她的成绩忽然下降，不是慢慢下降，而是直线下降，就像是绷得太紧的弓弦一下子断了。她高考落榜后，崔哥、崔嫂、如苹和我都劝她复读一年，我们说："你这次只是发挥失常嘛。"但她已到了谈学习色变的地步，抵死不再上学，后来到餐馆里当了服务员。

青云长得小巧文静，懂礼数，心地善良，从小就是小飞的小姐姐。小飞一直喜欢她，但那只是弟弟式的喜爱。老伴也喜欢她，盼着她有朝一日做靳家的媳妇。不久前，她还隐晦地埋怨青云没把小飞抓住，那次青云又是惨然一笑，直率地说："靳婶，说句不怕脸红的话，我一直想抓住他，问题是能抓住吗？我们不是一个层次的，我一直是仰着头看他。我那时刻苦用功，其中也有这个念头在里边。但我竭尽全力，也只是和他同行了一段路，现在已经望尘莫及了。"

送逸壮回来，我喊来老伴说："你最好用委婉的方式把君兰的事捅给青云，让她彻底断了念头，别再为一个解不开的情结误了终身。"如苹认真地说："对，咱俩想到一块儿去了，今晚我就去。"就在这时，我感到脑子里发生了一阵"晃动"。很难形容它，像是有人非常快地把我的大脑（仅是脑髓）摇了一下，或者像是一道压缩波飞速地在脑髓里闪过——不是闪过，是在大脑的内部、从它的深处突然发生的。

这绝不是错觉，因为老伴与我面面相觑，脸色略微苍白，看来她肯定也感觉到了这一波晃动。"地震？"我们两人同时反应道，但显然不是。屋里的东西都平静如常，屋角的风铃也静静地悬垂在那里。

我们都觉得大脑发木，有点儿恶心，一小时后才恢复正常。

真是怪了，这到底是咋回事？时间大致是 7 点 30 分。

8月5日　晴

那种奇怪的震感又来了，尽管脑袋发木，我还是记下了准确的时间：6 点 35 分。老伴同样有震感，脑袋发木，恶心。但逸壮似乎没什么反应，至少没有可见的反应。

真是怪事。上午喝茶时，我们和崔哥、张叔他们聊起这事，他们也说有类似的感觉。

晚上接大壮回家，他显得分外高兴，说今天做了 2000 个瓶盖，厂长表扬他，还骂别人"有头有脑的还赶不上一个傻哥"。我听得心中发苦，也担心他的同伴们今后会迁怒于他。但逸壮正在兴头上，我只好把话咽到肚里。

逸壮说："爸爸，国庆节放假还带我去柿子洞玩吧。"我说："行啊，你怎么会想到去那里？"他傻笑道："昨天看见小飞的媳妇，不知咋的，我就想起它了。"逸壮说的柿子洞是老家一个无名溶洞，洞极大、极阔，一座山基本被滴水掏空了，成了一个圆锥形的山洞。洞里阴暗潮湿，凉气沁人肌骨，时有细泉叮咚。一束光线正好从山顶射入，在黑暗中劈出一道细细的光柱，随着太阳的升落，光柱也会缓缓地转动方向。洞外是满山的柿树，秋天，深绿色的柿叶中藏着一只只鲜红透亮的圆果。这是中国北方难得见到的大溶洞，可惜山深路险，没有被开发成景点。

两个儿子小的时候，我带他们回去过两次，有一次把青云也带去了。三个孩子在那儿玩得很开心，难怪20年后逸壮还记得它。

晚上青云来串门，困惑地问我，那种脑子里的震动是咋回事，她见到的所有人都感觉到了，肯定不是错觉，但没有一个人知道原因。

地震局也问了，他们说这几天全国没有任何"可感地震"。"我想问问小飞，他已经是脑科学家了。最近来过电话吗？"她似不经意地说。我和老伴心中发苦，可怜的云儿，她对这桩婚事已经不抱任何希望了，但她有意无意地常常想听到逸飞的消息。

逸壮已经凑过去，拉着"云姐姐"的手，笑嘻嘻地瞅她。他比青云大三岁呢，但从小就跟着小飞混喊"云姐姐"，我们也懒得纠正他。青云很漂亮，皮肤白里透红，刚洗过的一头青丝披在肩上，穿着薄薄的圆领衫，胸脯鼓鼓的。她被逸壮看得略有些脸红，但并没把手抽回去，仍然笑着，和逸壮拉家常。多年来，逸壮就是这样，老实说，开始时我们很担心傻儿子会做出什么不得体的举动，但后来证明我们多虑了。逸壮肯定很喜欢青云，因为她漂亮，但这种喜欢是纯洁的。即使他变得暴戾时，青云的出现也常常是一针有效的镇静剂。我不知道这是为什么，也许在他的懵懂心灵中，青云已经固定成了"姐姐"的形象？也许他知道青云是"弟弟的媳妇"？青云肯定也看透了这一点，所以，不管逸壮对她怎么亲热，她也能以平常心态处之，言谈举止真像一位姐姐。这也是如苹喜欢她的重要原因。

我朝如苹使了个眼色，让她把昨天的打算付诸实施，但逸壮比我们抢先了一步。他说："云姐姐，昨天打电话时我们看见小飞屋里有个女人，长得很漂亮，可是我一点儿也不喜欢她。她再漂亮我也不喜欢她。我爸不喜欢她，我妈也不喜欢她。"青云的脸变白了，她扭头勉强笑道："靳叔、靳婶，小飞是不是找了对象？叫啥名字，是干什么的？"

这下弄得我俩理亏了，我咕哝道："那个小兔崽子，什么事也不告诉爹妈，我们是打电话无意碰上的。那女子叫君兰，是个作家。"我看看青云，又硬起心肠说，"听君兰的口气，两人的关系差不多算定了。"青云笑道："什么时候吃喜酒？别忘了通知我。"

我和如苹在努力措辞，想安慰她，又不能太露形迹，这时傻儿子又把事情搞糟了。他生怕青云不信似的，非常庄重地再次表白："我们真的不喜欢她，我们喜欢的是你。"这下，青云再也撑不住了，眼泪唰地涌了出来。她想说句掩饰的话，但哽咽着没说出一个字，扭头就跑了。

我俩也是喉中哽咽，但想想这样最好，长痛不如短痛。自从儿子进了科学院后，我就看准了这个结局。不是因为地位、金钱这类的世俗之见，而是因为两人的智力和学识不在一个层级，硬捏到一块儿不会幸福。正像逸壮和青云也不属一个层次，尽管我俩很喜欢青云，但从不敢梦想她成为逸壮的媳妇。

傻儿子知道自己闯了祸，缩头缩脑的，怯怯地问："我惹云姐姐生气了吗？"我长叹一声，真想把心中的感慨全倒给他，但我知道他不会理解的。因为上帝的偶尔疏忽，他要一辈子禁锢在懵懂之中，他永远只能以5岁幼童的心智去理解这个高于他的世界。不过，看来他本人并不觉得痛苦。人有智慧忧患始，他没有可以感知痛苦的智慧。但如果正常人突然下落到他的地步呢？

其实不必为他惆怅，就拿我自己来说，和小飞也不属于一个层次。我曾问他在科学院是搞什么专业，他的回答我就听不懂。他说他的专业是"大物理"，人类所有的知识都将统一丁此，也许只有数学和逻辑学除外。大爆炸产生的宇宙按"大物理"揭示的简并（物理学专用术语）规律，演化成今天千姿百态的世界；所以各门学科逆着时间回溯时，自然也会逐渐汇流于大爆炸的起点。宇宙蛋是绝对高熵的，不能携带任何信息，因此当人类回溯到这儿，也就到达了宇宙的终极。我听得糊里糊涂——而且，这和我多年形成的世界观也颇为冲突，此后我就不再多问了。

有时，我不免遐想：当爱因斯坦、麦克斯韦、霍金和小飞这类的天才在智慧之海里自由遨游时，他们会不会对我这样的"正常人"心生怜悯，就像我对大壮那样？

我从不相信是上帝创造了人类——如果是，那上帝一定是个相当不负责任、技艺相当粗疏的工匠。他造出了极少数的天才、大多数的庸才和相当一部分白痴。为什么他不能认真一点儿，使人人都是天才呢？不过，也许老人家正是有意为之？智慧是宇宙中最珍奇的琼浆，自不能暴殄天物，普洒众生。

晚上，我检查了壮儿的日记，字仍是歪歪斜斜的，每个字都有核桃大。上面写着：我惹云姐姐哭了，我很难过。我很难过。

8月6日　晴

那种震感又出现了，5点40分，大致是23小时一次，也就是说，每天来震的时间会提前一小时——脑袋发木，不是木，是发空，脑浆像被搅动了一般，需要很长时间才能沉淀下来，恢复透明。如苹也是这样，动作迟滞，脸色苍白，说话吭哧吭哧的。

同街坊闲谈，他们都有同样的感觉。还说电视上播音员说话也不利索了。晚上我看了看，还真是这样。

一定是有什么原因，也许是一种新的传染病。如苹说我是瞎说，没见过天下人都按时按点发病的传染病。我想她说得对。或许，是外星人的秘密武器？

我得问问儿子，我是指小飞，不是大壮。虽然他不是医生，可他住在聪明人堆里，比我们见多识广。我得问问他。今天不问了，今天光想睡觉了。如苹也早早睡了，只有逸壮不想睡，奇怪，只有他一直没受影响。

8月7日 阴

4点45分，震感来袭。就像15年前那场车祸，我的大脑一下子定住了、凝固了，变成一团混沌、黑暗。很久以后才有一道亮光慢慢射进来，脑浆才慢慢解冻。陈嫂家的忠志说："可恶，今天不开出租了，脑袋昏昏沉沉的，手头慢，开车非出事不可。"我骑车送壮儿时也是歪歪倒倒的，十字路口的警察眼睛瞪着我们，指挥的手势比红绿灯明显慢了一拍。

"我得问飞儿。"

还是那个女人接的电话，我想了很久才想起她叫君兰。君兰说话还利索，只是表情木木的，像是几天没睡觉，头发也有些乱。她说："逸飞一夜没回，大概在研究，那儿也是这样的震感。伯父你放心，没事的。"她的笑容很古怪。

8月8日 雨

震感出现在3点50分。如苹从那阵起就没睡觉，一直傻坐着，但忘了做饭。逸壮醒了，急得大声喊："妈，我要上班！我不吃饭了！"我没敢骑车去送他，我看他骑得比我稳当多了。

如苹去买菜，出门又折了回来，说下雨了，然后就不说话。我说："下雨了，你是不是说要带雨伞？"她说："对。"然后，带了伞又出去。过一会儿她又回来，说："还得带上计算器。今天脑袋发木，算账算不利索。"我把计算器给她，她看了很久，难为情地说："电源咋打开？我忘了。"

我也忘了，不过后来想起来了。我说："我陪你去吧。"我们买了羊肉、大葱、菜花、辣椒。卖羊肉的是个姑娘，她找钱时一个劲儿地问："我找的钱对不对？对不对？"我说不对，她就把一捧钱捧给我，让我从里面挑。我没敢挑，我怕自己算的也不对。

回来时我们淋湿了，如苹问我："咱们去时是不是带了雨伞？"我说："你怎么问我呢？这些事不是一直由你操心吗？"如苹气哭了，说："脑袋里黏糊糊的，急死了！急死了！"

8月9日　晴

我说："如苹，你把小飞的电话号码记好，别忘了。也把咱家的电话号码记在本上，别忘了。把各人的名字也写上，别忘了。"如苹难过地说："要是把认的字也忘了，那该咋办呀！我想了很久，也没想出办法。"我说:"我一定要坚持记日记,一天也不落下,常写常练就不会忘了。急死了!"

小飞接了电话,今天他屋里没有那个女人,他快速地说:"我知道原因,我早就知道原因。你们别担心,担心也没有用。这两天我就回家,趁火车还运行。火车现在是自动驾驶。"小飞说话呆怔怔的,就像是大壮,头发也很乱,衣服不整齐。如苹哭了,说:"小飞,你可别变傻呀,我们都变傻也没关系,你可别变傻呀。"小飞笑了,说:"别担心,担心也没用。别难过,难过也没用。因为它来得太快了。"他的笑很难看。

8月10日

大壮还要去上班,他坚持不让我送。他说:"爸,你们是不是变得和我一样了?那我更得去上班,挣钱养活你们。"我很生气,我怎么会和他一样呢?可是我舍不得打他。

我没领来退休金,发工资的电脑出问题了,没人会修。我去取存款,电脑也出问题了。怎么办呢?急死了!

大壮也没上成班。他说:"工人都去了,傻工人都去了,只有聪明班长没上班。有人说他自杀了。"

青云来了,坐在家里不走,乐呵呵地说:"我等逸飞哥哥回来,他今天能到家吗？让我给他做饭吧，我想他。"她笑，笑得不好看。大壮争辩说："是小飞弟弟，小飞是你弟弟，不是哥哥。"她说："那我等小飞弟弟回来，他回来我就不发愁了，我就有依靠了。"

8月11日

我们上街买菜，大壮要搀我们。我没钱了，没钱也不要紧，卖菜的人真好，他们不要钱。卖粮食的打开门，让人们自己拿。街上没有汽车了，只有一辆汽车，拐呀拐呀，一下撞到了邮筒上，司机出来了，满街人都笑他。司机也笑，他脸上有血。

8月12日

今天没事可记。我要坚持记日记，一天也不落下。我不能忘了认字，千万千万不能忘。

8月13日

今天去买菜，还是不要钱。可是菜很少，卖菜的很难为情，她说："不是我小气，是送菜的人少了，我也没办法，赶明儿没菜卖了，我可咋办呀。"我们忘了锁门，回去时见青云在厨房炒菜，她高兴地对我喊："小飞回来了！小飞回来就好了！"

小飞回来也没有办法。他很瘦，如苹很心疼。他不说话，皱着眉头，老是抱着他的日记，"千万千万不能丢了，爸爸、妈妈，我的日记千万不能丢了。"我问小飞："咱们该咋办？"小飞说："你看我的日记吧，我提前写在日记里了。日记里写的事我自己也忘了。"

靳逸飞日记

8月4日

国家地震局、美国地震局、美日地下中微子观测站、中国授时站我都问了，所有仪器都没有记录——但所有人都有震感。真是我预言过的宇宙原生波吗？

假如真是这样，那仪器没有反应是正常的，因为所有物质和空间都在同步涨缩。但我不理解为什么独独人脑会有反应——即若它是宇宙中最精密的仪器，它也是在"涨缩之内"而不是"涨缩之外"呀！逻辑上说不通。

8 月 5 日

又一次震感。已不必怀疑了，我问了美、日、俄、德、以色列、澳、南非、英、新加坡等国的朋友，他们都是在北京时间 6 点 35 分 30 秒（换算）感觉到的。这是对的。按我的理论，震波抵达各地不会有先后，它由第四维空间发出，波源与三维世界任一点都绝对等距。

它不是孤立波也不奇怪——在宇宙边界的漫反射中被离散了。可惜无法预言这组波能延续多久，一个星期、一个月，还是十万年？

想想此事真讽刺。所有最精密的仪器都失效了，只有人脑才有反应——却是以慢性死亡的方式做出反应。今天头昏，不写了。但愿我的判断是错误的。

8 月 8 日

不能再自我欺骗了。震波确实对智力有相当强的破坏作用，并且是累加的。按已知的情况估算，15 ～ 20 次震波就能使人变成弱智人，就像大壮哥那样。上帝啊，如果你确实存在，我要用最恶毒的话来诅咒你！

8 月 9 日

在智囊会上我坦陈了自己的意见。怎么办？无法可想。这种过于急剧的智力崩溃肯定会彻底毁掉科学和现代化社会——如果不是人类本身的话。假如某种基因突变使人类失去双腿、双手、胃肠、心肺，现代科学都有办法应付；但如果是失去智慧，那就根本无法可想。

快点儿行动吧——在我们变成白痴之前。保存资料，保存生命，让人类尽快找回原始人的本能。所有现代化的设备、工具，都将在数月之内失去效用，哪怕是一只普通打火机。因为我们很快就会失去能够使用它们的智力，接着会失去相应的维修供应系统。只有那些能够靠野果和兽皮活下去的人，才是人类复兴的希望。

上帝多么公平，他对智力的破坏是"劫富济贫"，智商越高的人衰退得越迅猛，弱智者则几乎没有损失。这是个好兆头啊，我苦笑着对大家说：它说明智力下滑很可能终止于像我哥哥那样的弱智者水平，而不是猩猩、穿山甲或腔棘鱼。这难道不值得庆幸吗？

8 月 10 日

君兰说她要走了。请走吧。我们吸引对方的是才华，不是肌肉、尾羽和性激素。如果才华失去了，我们不如及早分离，尚能保留住对方往日的形象。她的智力下滑比我更甚，她已经不能写文章了。我从她的眼睛中看到了她的恐惧，看到了她的崩溃。上帝、佛祖、安拉、老聃、玉皇，我俯伏在地向你们祈祷，你们尽可收去我的肢体、眼睛、健康、寿命和一切的一切，但请为我留下智慧吧。

8 月 11 日

先进国家易受到它的打击，西方国家肯定已经崩溃，所有的信息流（网络、同步卫星、短波长波、光缆通信、航班）全部没了，中断了。但那边的情况我们无法去确认，人类又回到了哥伦布以前的隔绝状态。

哭泣无益，绝望无益，焦躁无益。得赶紧抓住残存的智力，为今后做准备。明天回家，带家人离开注定要崩溃的城市，我想就回柿子洞吧。今天先列一个生活必需品的清单，我怕到家后就……清单要尽量列全。不能用电子笔记本，用纸本。但愿我不要忘了这些亲切的方块字。我的英语、德语，还有其他几种语言已经全都忘了，就像是被开水浇过的雪堆。

老天，为我留一点儿智慧吧，哪怕就像大壮哥哥那样。

带上全家到柿子洞去，在那儿熬过一年、十年。但愿邪恶之波扫过后，智力还能复原。

8月18日

小飞催我们快点儿、快点儿、快点儿，趁我们的灵智还没被毁完，按小飞的清单分头准备。

第一项是火种（一定要保留火种！即使我们变成了茹毛饮血的野人，只要保留住火种，它就能慢慢开启人的智慧。不要打火机，要火柴，尽可能多的火柴。还要姥爷留下的火镰）。

商店没有人。我到商店里拿走所有的火柴。我问小飞，"火镰"是啥东西。小飞也忘了，小飞想得很辛苦。后来，小飞把脸扭过去，泪水唰唰地往下流。大壮哭着为他擦泪："你别哭，你哭，我们都想哭。"后来大壮上阁楼里扒出了他姥爷留下的旱烟袋和——我想起来了，那就是火镰！那个小钢片和白石头，用它能打出一点儿火星，嚓，嚓。小飞笑了，脸上挂着泪。他说："就是它，等火柴用完，就用它生火。大壮哥，谢谢你，你真聪明。"大壮笑了，笑得很好看。他说："我也不知道啥叫火镰，可是我想咱姥爷就留下这一样东西，小时候我常玩。"大壮问："小飞，旱烟袋也带上吗？"小飞想了半天，犹豫地说："带上吧，既然在一块儿放着，很可能生火时用得上它。"小飞真细心。

第二项是武器（要刀、长矛。不要枪支，弹药无法补充。走前记着到体育用品商店买几把弓箭）。小飞，弓箭在哪儿？我不记得你带回来。小飞又流泪了，他忘了。小飞别难过，我们只带刀子算了。

第三项是干粮。如苹烙了很多烙饼，还带了方便面。

第四项是冬天的衣服。今天不写了，很累。

8月19日

青云眼睛肿了，像两个桃子。崔哥、崔嫂找不到了，已经三天了。我们帮青云找呀找呀，可是我们不敢走远，怕忘了回家的路。如苹说："青云，你跟我们走吧。"大壮和小飞说："云姐姐你跟我们走吧，到柿子洞去。"青云立刻笑了，笑得很好看。她说："靳婶你歇着，让我来烙饼。"她边干边哼着歌。

今天来震应该是2点，这会儿快来了。青云钻到如苹怀里，我和小飞互相看着，谁都很恐惧。可是害怕也挡不住，它还是来了，我们吐了一阵，然后去睡觉了。

8月30日

我们下了火车又走了很多天。路上一堆一堆的人，到处乱转，都不知道想要干啥。青云说："他们多可怜，喊上他们一块走吧。"

小飞很残忍（这个词用得不好）地说："不能喊，柿子洞能盛几个人？"青云小声问："他们咋办？"小飞狠狠地说："总有人能熬过去的，总有一些能熬过去的。"

我们太累了，我有10天没记日记。这不好，我说过要天天记日记，一天也不落下，我不能忘了识字。可是我们都忘了多带笔。只有我的一支圆珠笔、小飞的一支钢笔，大壮书包里有三支画画的铅笔。铅笔最好，不用墨水。如果铅笔也用完了呢？小飞说："我不记日记了，笔全都留给你吧，等你去世我再接着记，这是这个氏族的历史呀。"

晚上，我们在小溪边睡，山很高，树不多，有很多草。我们在水里抓了"旁血"。这两个字不对，可是我想不起来。它有八条腿，横着爬，很好吃。

夜里很冷，大壮、小飞和铁子拾了柴，生起很大的"沟"火。这个"沟"字也不对。我们不认识铁子，他是自己跟上我们的，他是个男的，今年12岁。火真大啊，"毕毕剥剥"地响，把青云的头发燎焦了，火苗有几米高。有剑齿虎不怕，有剑齿象也不怕。那时还没有老虎和狮子吧？也没有恐龙，恐龙已经死绝了。也没有火柴，只有雷电引起的天火。开始时，我们也怕火，和野兽一样怕火，后来不怕了，用它吓狼群，用它烤肉吃，我们的猴毛退了，就变成人了。

青云真的喜欢小飞，一天到晚跟着他，仰着头看他，再累还是笑。

晚上，她和小飞睡在一起，他们都脱光衣服，青云尖声叫着。大壮有时爬起来看他俩，铁子有时也抬起头看。我和如苹都使劲儿闭着眼，不看。那不好，我明天就告诉小飞和青云那不好。不是那件事不好，是让别人看见不好。

8月32日（主人公智力问题，笔误）

我们担心找不到柿子洞，可是找到了，很顺利。洞口很小，得弯着腰进去。进去就很大，像个大金字塔。我们都笑啊笑啊，这是我们的家，我们要在这儿一直住到变聪明的那一天。

柿子还没熟，不过我知道山里有很多东西能吃，我们不会饿死的。还要存些过冬——山韭菜、野葱、野蒜、野金针、石白菜、酸枣、野葡萄、杨桃、地曲连、蘑菇。溪里还有小鱼和螃蟹。我想起这两个字了！

今天很幸福，一直没有来震。我们也没呕吐。后来我们都睡了。青云和小飞还是搂着睡。我今天没批评他们不好，等明天再说吧。

9月5日

我们一下子睡了两天三夜！是电子表上的日历告诉我们的。睡前的日记我记成了8月32日，真丢人，小飞说："不要改它，留着吧。"醒来后，我发现脑子清爽多了，就像是醉酒睡醒后的感觉。我小声对小飞说："两天三夜都没来震了，是我们睡得太熟？"小飞坚决地摇头："过去夜里来震时，哪次不是从梦里把人折腾醒？不是这个原因。"我问："那会是什么？是山洞把震挡住了？"小飞苦笑道："哪能那么容易就挡住，美国、日本地下几千米的中微子观测站都挡不住。这种震波是从高维世界传来的，你可以想象它是从每一个夸克深处冒出来的，没有任何东西能挡住它。"

大家都坐起来，从眼神看都很清醒。突然清醒了，我们反倒不自然，就像一下子发现彼此都是裸体的那种感觉。如苹惊问："青云呢？青云到哪儿啦？"我看见她在远处一个角落里。她已经把衣服穿得整整齐齐，还下意识地一直掩着胸口。大家喊她时，她咬着嘴唇，死死地盯着地下，不开口。大壮真是个浑小子！他笑嘻嘻地跑过去拉着青云的手："云姐姐，你干吗把衣服穿上？你不穿衣服更好看，比现在还要好看。"青云的脸唰地红透了，狠狠地甩脱大壮跑出洞去。如苹喊着："云儿！云儿！"跟着跑了出去。我出去时，青云还在一下一下地用头撞石壁，额上流着血，如苹哭着拉不住。我骂道:"青云!你糊涂啊,咱们刚清醒了一点儿,不知道明天是啥样哩,你还想把自己撞傻吗?"我拉住她,硬着心肠说,"我知道你是嫌丢人,我告诉你那不算丢人。若是咱们真的变回到茹毛饮血、混沌未开的猿人,能传宗接代是头等大事!我们还指着你呢。"

我和如苹把她拉回去,小飞冷淡地喝了一声:"哭什么!现在是哭的时候吗?是害羞的时候吗?"青云真的不哭了,伏到小飞怀里。

洞里很冷,小飞让大壮和铁子出洞拾柴火,燃起一堆篝火。烟聚在山洞里,熏得每人都泪汪汪的。大壮和铁子在笑,绕着火堆打闹,别人都心惊胆战地等着来震,比糊涂的时候更要怕。

然而,震波一直都没有出现。

9 月 6 日

小飞一早就把我叫醒。我觉得今天大脑更清爽了,但还没有沉淀得清澈透明。小飞说:"我想做个试验,今天洞外都要保持有人,我想看看究竟是不是山洞的屏蔽作用——按说是不可能屏蔽的,但我们要验证。我想让你们几个换班出去,我不出去。爸,我想留一个清醒的人观察全局。"说这话时,他把头转向一边,不看我们，语气硬硬的。

我安慰他："孩子，你的考虑很对。我们要把最聪明的脑袋保护好，这是为了大家，不是为了你。"他凄然一笑："谢谢爸爸的理解。"

我和如苹先出去拾柴火和找野菜。没多久就来震了，9点30分，仍是脑浆被搅动，呕吐。歇息一阵后，我们强撑着回去了。留在洞中的人都没事。

9月7日

我和如苹还要出去值班，我们心怀恐惧，但我不想让孩子们受罪。后来，青云和铁子争着去了。在洞里歇了一天，我的脑子恢复不少。外边的人又被"震"了，时间是8点35分，留在洞内的人仍没事。小飞说："不必怀疑了，肯定是因为这个金字塔形的洞穴有极强的屏蔽作用。"究竟为什么，他还不知道，可能是特殊的几何形状形成了反相波峰，冲销了原来的震波。

9月8日

青云坚决不让我和如苹出洞，拉着大壮出去了，她说："我年轻，震两次没关系。"他们是 6 点出去的，8 点大壮把她拖了回来，她面色苍白，吐得满身都是秽物。但大壮似乎没受什么影响。

青云连着经两次震，又变痴了，目光茫然而恐惧，到晚上也没恢复。快睡觉时，我见她悄悄偎到小飞旁边，解着衣扣，轻声问："靳叔说那不是坏事，是吗？靳叔说那是头等大事，是吗？"

我不忍看下去。小飞把她揽到怀里，把她的衣服扣子扣好，说了一夜的话。

9 月 9 日

小飞说不用试验了，今后大家出去拾柴火、打野果都要避开来震的时刻。这个时间很好推算的，每隔 22 小时 55 分一次。他苦笑道："这么一道小学算术题，三天前我竟然算不出来！"

他躲在洞子深处考虑了很久，出来对我说："爸爸，我要赶紧返回去，抢救一批科学家，把他们带到洞里来。靠着这个奇异的山洞，尽量保留一点文明的火种。至于后面的事，等以后再说吧，当务之急是先把他们带来——趁着他们的大脑还没有发生不可逆的损坏。"

只是，他苦笑道："这一趟往返最少需要 10 天，我怕 10 次震动足以把我再次变成白痴，那时的我能否记得出去时的责任、记得回山洞的路？不过，不管怎样，我要去试试。"

　　我和如苹、青云都说让我们替他去，大壮和铁子也说他们替他去。小飞说："不行，这件事你们替不了。这两天我要做一些准备，把问题考虑周全，尽量减少往返的时间。"

9月11日

　　已经三天了，小飞没有走，他在洞里一圈一圈地转，他说："要考虑一切可能，做一个细心周到的计划。"但他一直躲避着我和如苹的目光。我把他喊到角落里，低声说："小飞，让我替你去吧，我想我能替你把事情做好。我们得把最聪明的脑袋留在洞里，对不？"小飞的眼泪唰地流了出来，他狠狠地用袖子擦了一把，泪水仍是止不住。他声音嘶哑地说："爸，我知道自己是个胆小鬼、懦夫，我知道自己早该走了，可我就是不敢离开这个山洞！我强迫自己试了几次，就是不敢出去！你和妈妈给了我一个聪明的大脑，虽然过去我没有浪费它，但也不知道特别珍惜。现在我像个守财奴一样珍爱它。我不怕死，不怕烂掉四肢，什么都不怕，就是怕失去灵智，变成白痴！"

　　我低声说："这不是怯懦，这是对社会的责任感。小飞，让我替你去吧。"他坚决地摇摇头，"不，我还要自己去。我已经克服了恐惧，明天我就出发。如果……就请二老带着青云、大壮一块儿生活。"

9月12日

按推算，今天该是凌晨4点来震。大家很早就起来了，发现青云不在洞里。4点5分，她歪歪倒倒地走了回来，脸色煞白。她强笑着说："我出去为小飞验证了，没错，震波刚过，你抓紧时间走吧。"小飞咬着牙，把她紧紧搂到怀里。她安慰道："别为我担心，你看我不是很好吗？可惜我只能为你做这一点点事情。"小飞忍着没让泪珠掉下来，也没有多停，他背上挎包，看了看大家，掉头出了山洞。

9月13日

大脑越来越清醒了，亿万脑细胞都像是勤勉忠诚的战士，先前，它们被震昏了，但是一旦清醒过来，就急不可待地归队。我的思维完全恢复了震前的水平，也许还要更灵光一些。

小飞走了，我们默默为他祈祷，盼着他顺利回来。他是我们的希望。我们不想成为衰亡人类中唯一的一组清醒者，这样的结局对弱智者来说是痛苦，对清醒者而言亦十分残忍。

洞中的人状态都很好，除了青云。她比别人多经受了两次震击，现在还呆呆的，有点儿像梦游中的人。

如苹心疼她，常把她搂到怀里，低声絮叨着。大壮不出去干活时总是蹲在她旁边，像往常那样拉着她的手，笑嘻嘻地看着她。

这一段的剧变使我们产生了错觉，认为大壮也会像正常人那样逐渐恢复智力。但现在我们不得不承认，他仍落后于我们这些幸运的人。这使我们更加怜悯他。

9月15日

青云总算恢复了。她在闲暇时常常坐在洞口，痴痴地望着洞外。不过，我们很清楚，这只是热恋中的"痴"，不是智力上的傻。她不问小飞的情况——明知问也是白问，只是默默地干着活。

带入洞中的干粮我们尽量不去动。但我们都没野外生存的经验，每天采集的野菜、野果根本不够果腹，更别说储备冬粮了。好在我们发现了几片苞谷地，苞谷基本成熟了。如果再等一个月没人来收割，它就是我们的。

9 月 17 日

今天铁子碰见一个人，一个看上去清醒的人！他隔着山涧，乐呵呵地喊：“你们是住在轩辕洞的那家人吧（原来柿子洞的真名是轩辕洞），有空儿来我家串串，我家就在前边山坡上那棵大柿子树下边。柿子也熟了，来尝个鲜。”喊完，他就扛着苞谷走了。

铁子回来告诉我们，大家都很兴奋。洞外也有神志清醒的人，这是偶然，还是普遍？那令人恐惧的魔鬼之波是不是已经过去了？不过，铁子的话不可全信，毕竟他只是一个 12 岁的孩子。再说，即使是弱智的人，也并非不能说几句流畅的话（大壮就能）。

虽然净往悲观处分析，但从内心讲，我相信铁子的话。不错，一个弱智者也能说出几句流畅的话，但一个刚受过魔鬼之波蹂躏的正常人绝不会这样乐呵。

明天我要去找找这个乡民。

9 月 18 日

夜里我被惊醒，听见洞口处有窸窸窣窣的声音，我在黑暗中尽力睁大眼睛，隐约见一个身影摸着洞壁过来，在路上磕磕绊绊的。我赶紧摸出头边的尖刀，低声喝问："是谁？"那人说："是我，青云！"

我擦了一根火柴，青云加快步子过来。"靳叔，没有震波了！"她狂喜地说，"小飞在外边不会受折磨了！"

火柴熄了，我看见一张洋溢着欢乐之情的笑脸。她偎在我身边急切地说："按推算该是昨晚10点30分来震，我在9点30分就悄悄出去了，一直等到现在。现在总该有凌晨3点了吧，看来那种震波确实消失了！可能几天前就消失了呢。"

如苹爬起来搂住青云大哭起来，哭得酣畅淋漓。所有人都醒了，连声问"咋了，咋了"。我说："没事，都睡吧，是你妈梦见小飞回来了。"我想起自己出洞值班时那种赶都赶不走的惧怕，想来青云强迫自己出洞时也是同样的心情吧，便觉得冰凉的泪水在鼻凹处直淌。

我折腾了一阵刚想睡，又被强劲的飞机轰鸣声惊醒。轰鸣声时高时低，青白色的强光倏地在洞口闪过，又听见洪亮的通话器传来的声音："青云！铁子！大壮！听见喊声快到洞外点火，我们要降落！"

是小飞的声音！我们都冲出洞外，看见天上射下来青白色的光柱，在绕着这一带盘旋。我们用力叫喊，打手电，青云和铁子回洞中抱来一捆树枝，找到一处平地燃起大火。直升机马上飞了过来，盘旋两圈后在火堆旁落下，旋翼的强风把火星吹得漫天飞舞。小飞从炫目的光柱中跑了出来，大声喊："爸、妈，震波已经过去了，我接你们回去！"

我们乐痴了，老伴喜得搓着手说："快速回洞去收拾东西！"小飞一把拉住她说："什么也不要带了，把人点齐就行。我和君兰是派往郑州的特派员，顺路捎你们一段，快走吧！"

一个女人从黑影中闪了出来："伯父、伯母，快登机吧。"她的声音柔柔的，非常冷静。我认出她是君兰，外表仍是那样高雅、雍容。她挽着我和如苹爬进机舱，大壮和铁子也大呼小叫地爬了上来。我忽然觉得少了一个声音，一个绝不该少的声音，是青云。她没有狂喜地哭喊，没有同小飞拥抱，她悄悄地登上飞机，把自己藏在后排的黑影里。

直升机没有片刻耽误，立即轰鸣着离地，强光扫过前方，后面的山峰淹没在黑暗中，洞口的那堆火很快缩小、消失了。小飞说城市开始恢复正常了，正向各个地方派遣特派员，以尽快恢复各地秩序。我见君兰从人缝中挤到后边，紧挨着青云坐下，两人头抵着头，低声说着什么。我努力向后侧着耳朵，在轰鸣声中辨识着后边的低语。

"小飞说了你的情况……我愿意退出……和小飞同居半年……怎样使小飞更幸福……听你的……"

青云沉默了一会儿才说话，声音很低，也很冷静："……更般配……祝你们幸福……"

薄暮渐消，朝霞初染。太阳从地平线上探出头，似乎很羞怯地犹豫片刻，然后便冉冉升起，将光明遍洒山川。飞机飞到了一座小城市，盘旋两圈后便开始降落。开始时，我没认出这是哪儿，小飞扭回头说："到家了，我和君兰不能在这儿耽误，请你们照顾好自己，开始新的生活吧。"

直升机降落了。不少人围过来，好奇地看着直升机。君兰抢先跳下地，扶着我和如苹下去。我同君兰握手告别："再见，君兰姑娘，你是个聪明女子。"我又同小飞拥别："小飞，安心干你的大事，不要为家里操心。我们会照顾好青云和她腹中的孩子。好了，同你的妻子吻别，赶快出发吧。"

如苹惊讶地盯着我，青云震惊地瞪着我，君兰不动声色地看着我。小飞瞟了我一眼，一言不发，走过去吻了吻青云的嘴唇，反身登机。

直升机迅速爬升到高空，泅入蓝天的背景中。青云默默走过来，感激地依在我的身旁。大壮傻乎乎地盯着她的腹部追问："你真的有小宝宝了吗？真的吗？宝宝生下来该咋喊我？"青云的脸庞微微发红，但她没有否认，很坦然地说："该向你喊伯伯的。"

我们穿过人群回家，在门口看见崔哥、崔嫂。他们分明还没有完全恢复，见了失踪多日的女儿竟没有哭，没有问长问短，只是嘻嘻地笑。青云冲过去把他们拥到怀里，边笑边流泪。我拍拍崔哥的肩膀，笑道："亲家，你好哇。回去让青云做碗醒酒汤，清醒清醒，咱还得商量着操办婚事呢。"然后，我领着大壮和铁子走进了家门。

在机上我曾问小飞，轩辕洞真的有屏蔽作用吗？为什么？小飞说现在不是研究的时候，等社会秩序恢复正常后，一定认真研究这件事。但下机后我想起来忘了一件大事——忘了问小飞，这种震波还会再来吗？

但愿它不会再来了。

星海迷影 / 张旭

行星级生命体

第一章

"光辉号"退出曲速飞行，帆索剧烈抖动，十二面巨大的光帆铺天盖地，拖着飞船疾驰，宛如深渊里乘风飞行的蒲公英。

此刻，我正闲坐在指令舱里，慢条斯理地喝着饮料，饶有兴致地看船长和船员们做着减速前的准备工作。我是银星矿业集团的高级督察，专职负责检查集团最重要的生产项目。此次远航，我专为理查德·查比斯而来，他的情况令人担忧。

飞船姿态翻转在即，指令舱中的机器人围上来，没收了我剩下的饮料，七手八脚地把我牢牢固定在太空椅上，然后扣上了防护罩。很快，深蓝色的减速液充盈了防护罩狭小的空间，减速液将确保我不受飞船剧烈减速带来的伤害。我讨厌机器人的粗鲁，但我享受在减速液里漂浮的感觉，全身暖洋洋的，没有压力，我猜在母亲子宫里应该就是这种感觉。

减速阶段，飞船将完全由自动驾驶系统来操纵。"光辉号"飞得很稳，自动驾驶系统小心控制着光帆操作面的卷曲度，产生出垂直于船身的微小力矩，飞船在前进方向上翻转了180度。依然是满帆，飞船向前方发出厚重的减速光，船速在变慢。减速过程将持续三天，之后"光辉号"就会收起光帆，进入查比斯云——那片银星矿业集团的专属之地。

查比斯星系位于银河系南十字臂外侧，距著名的M246恒星矿区不到2光年。100年前，那里曾经发生过一次惨烈的生产事故，矿场设备全毁，管理人员失踪，银星矿业集团因此元气大伤。然而塞翁失马，安知非福，一艘救援飞船在搜索中意外地发现了查比斯星系，从此，银星矿业集团拥有了另一个聚宝盆。

查比斯星系是以发现者的名字命名的，他就是理查德·查比斯的爷爷，也是集团的合伙人之一。查比斯云虽然被称作云，其实不如说是包裹在星系外围的尘埃壳，厚达几千千米，均匀地覆盖在中央恒星的日球层顶，遮蔽了整个星系。这种尘埃很奇特，它受到的引力与来自太阳风的压力使其能按自身体积大小层次分明地排列起来，在受到外力扰动时能迅速调整自身位置，使云团密度始终保持均衡。这种尘埃堪称自然界里发现的最黑物质，如果把查比斯云尘埃收集起来装在透明瓶子里，会使人产生瓶内空间消失的错觉，因此它成了宇宙间最难观测的物质之一，这也是导致查比斯星系很晚才被发现的主要原因。

几天后，船长叫醒我，告知我目的地就要到了。由于查比斯星系的日球层半径很短，一通过查比斯云，就到了距离主恒星很近的地方，相当于太阳到木星的距离。主恒星又大又亮，它的突然现身总会让人感到震撼。

第二章

"光辉号"关闭光压发动机，收回光帆，查比斯云就在眼前。宇宙中迤逦壮观的星群被遮住了踪迹，"光辉号"如同处于深渊边缘。

船长下令展开防御力场，做好进入前的最后准备。船身颤抖，"光辉号"恍若发出哀鸣，飞船像一枚锋利的钢针刺入查比斯云团。飞船狭长的前端在舷窗视野里消失了，防御力场与尘埃发生激烈摩擦，闪耀着夺目的光辉，照得驾驶室内宛如白昼。

不久，"光辉号"从墨染般的查比斯云中一冲而出，犹如海豚跃出海面，温暖祥和的阳光洒进驾驶舱，我们进入了一个灿烂的新世界。

中央恒星就在航道正前方，此刻它有半个满月大小，吹出柔和的粒子风，温柔地照亮星系空间，很像人类故乡的太阳，只不过这个恒星比太阳要大很多。查比斯星系共有八颗行星，挤在仅有太阳到木星距离那么宽的轨道面里。其中四颗是近日岩质行星，其余是巨型气体行星。八颗行星的公转速度飞快，恰好能与主恒星巨大的引力相抗衡。漆黑的天幕里，八颗星颜色各异，如熠熠放光的宝石，不时可以看到从四颗气体行星周围抛射出的发丝状明亮物质，那是太阳风从行星气壳上层剥离的气体，正是这些来自不同行星的气体在高能粒子的作用下形成了遮蔽天日的查比斯尘埃。

此刻最让人惊叹的当数查比斯恒星环。这是一条罕见的高密度小行星带，位于第三与第五行星之间，与第四行星轨道交叉，呈银色，质地细腻，其幅宽极其辽阔，总质量是太阳系小行星带的上亿倍！有了它，主恒星看上去像一颗放大的带环行星。宽广的环面上每隔一段距离，就会出现一个圆形空洞，这些空洞面积大小不一，有的非常显眼，有的已经缩小变淡，它们是第四行星轨道与星环定期交会撞击造成的。为此，我们的目的地第四行星，有了一个当之无愧的绰号——"星环打孔器"。

与另外三颗近日行星不同，第四行星非常活跃。因为不断吞噬星环物质，该行星始终处于质量增长阶段，同时由于恒星的强大引力不断被反复拉扯，挤压行星地幔，其内部蓄积了巨大能量，行星深处才会孕育着珍稀的"查比斯金属"。

对这种贵重金属的渴望，是我们跨越半个银河系来此的唯一动力。银星矿业集团拥有此地长达千年的独家开采权，受银河政府保护。集团的大型矿船停泊在近地轨道上，只要不是在交会期，

矿船就可以稳定地生产查比斯金属。多年来，"光辉号"每隔半年
造访一次，带来物资补给，运走查比斯金属。而这次我将留下和
理查德一起工作，直到有人来替换我。

"光辉号"停进矿船码头，负责人理查德·查比斯在码头迎接
我们。祖先的功业令他本可以尽情享受人生，可 40 年前，他偏偏
要来这里。此地虽景色壮美，但人迹罕至，他的举动令人无法理
解，真是名副其实的怪人。从今年起，这个怪人似乎怠慢了工作，
集团无奈，不得不派我来监督他。理查德身形消瘦，沉默寡言，
神情寂寥，像极了他那当年在此地失踪的爷爷。我们的到来没能
激起他的热情，想必他已经知道了我此行的目的。

码头上，"光辉号"卸下小山似的生产材料和生活补给品，机
器人们则小心谨慎地给"光辉号"装上第四行星每年来的全部产
量——500 锭"查比斯金属"，每锭一公斤，这些金属价值巨大，
宛如连城之璧。

"光辉号"归程紧，船长不敢耽搁，简单告别之后，便匆匆踏
上归程。

站在码头的给养堆上，我和理查德目送着"光辉号"渐渐变成
一个小亮点，直至消失。

与我不同，理查德是土生土长的地球人，由于继承了爷爷老
查理在集团里的大量股份，公司高层在处理他的问题上顾虑很多。
最佳办法就是把他调走，但必须征得理查德本人同意。那些家伙

甚至希望理查德最好能步他爷爷的后尘，某天在这片星域里永远消失，那样问题就彻底解决了……当然这是潜台词，不能明说。

晚饭时，我试探他："理查德，我佩服你的奉献精神，但我想不通查比斯星系有什么好，这么多年难道你没想过回去？"

"你的意思我明白，我给你交个底，这里有我的事业，这里有我的亲人，在找到我爷爷的确切下落之前，我是不会走的。"

我顿时恍然，原来是这个原因。

第三章

时间流逝，我逐渐对理查德有了些了解。此人学者习性，不喜交流，但人还不赖。我们分工明确，相安无事，我接过了矿场管理工作，理查德则可以继续他的第四行星地质学研究和寻找老查理的工作。我俩虽生活在一条船上，却来往很少。

一天，我按计划到地面检查，在去码头的路上，我刚从培养舱那片郁郁葱葱的热带雨林里探出头来，就发现材料实验室的大门敞开着。多日不见的理查德正聚精会神地盯着金属检测仪做"抽丝"实验。

查比斯金属是一种奇特的物质，非常珍贵，且储量有限，这也是银星矿业集团能长时间拥有它的独家经营权的原因之一。核桃大小的纯铁悬浮在真空反应炉里，磁场带动铁球高速旋转，四束激光炙烤着铁块，铁球迅速熔化成铁水，在离心力与磁力的共同作用下，铁水在空中摊成薄薄的一片。接着从薄片边缘飘出一根若有若无的、熔融态的细丝，细丝被无形的手牵引着从出料口环状装置中心穿过。环状装置是查比斯金属射枪，它会把极小质量的查比斯金属原子射入熔融细丝内部。熔融细丝发生了奇迹般的变化，发丝般粗细的熔丝迅速膨胀变粗，一段暗红色金属材料从出料口冒出来，进入纯铁的查比斯金属与铁原子发生作用，铁原子被查比斯金属原子重新组织起来，在微观层面上形成一股股具有稳定支撑的套索结构，这些套索相互纠结缠绕，支撑起庞大的空间。一根细到吹口气都会断的细铁丝，加了点查比斯金属，就变成了世间最坚韧的物质之一。

实验结束了，悬浮在质检仪里的片状铁水再度冷却收缩，一颗光亮的铁球"当啷"一声掉到供料盘里，理查德这时才发现了我。刚刚的实验结果令他十分满意，看着出料口上的钢条，理查德脸上露出难得的笑容，"这段金属材料极其坚韧，它一直存在到宇宙寿终正寝的那一天。"

"铁合查比斯金属。"我走上前去，取下钢条，松开手，闪着暗红色光泽的钢条立即飘了起来。我一把抓住快要飞走的钢条，感叹道："真轻啊！"

"一根这样的钢索能独自承受住巨型太空城为制造人造重力自

旋而产生的离心力，同时使用三根，不仅能有效稳定太空城的对称结构，还能提供超高的安全冗余度。"理查德说。

"真不愧是星际时代的精华。"我说。

"找我有事？"理查德问。

"没事，我碰巧路过而已。"

"祝你一路顺风，我还有事，失陪了。"

第四章

第四行星的体积比地球大一倍，但平均密度较低，重力是地球的 1.5 倍。它有一个很小的固态金属核，拥有不算稳定的弱小磁场。薄薄的地壳漂浮在熔岩上，在炙热洋流的驱动下不停移动。虽然整个星球内部处于高熔融状态，但岩浆的挥发成分极少，基本无气体溢出，仅有的一点气体也被主恒星刮来的太阳风吹散，其地表近似真空。

我在行星暗面着陆。夜空清澈，巨型矿船高悬天际，显得精致美丽。此刻，当数恒星环的景色最美。如今是安全生产期，第四行星距离星环虽近，但绝无碰撞之虞，在墨色天穹里，星环如太空里修建的白色道路直通天际，长不知几千万里，从南至北，贯穿苍穹。我仰望太空，震惊于星环那细腻的质地和质朴的颜色，震惊于它静逸伟岸的雄姿和大自然无所不在的秩序。恒星的光芒照亮星环的丝丝纹理，组成结构纤毫毕现：鳞状的是岩，羽状的是冰，黑色的是间隙；一排排，一道道，排列着，簇拥着。星环上不时出现的暗斑，这是与第四行星交会时留下的痕迹。我估计，如果得不到物质补充，星环迟早会被第四行星蚕食殆尽。但此刻，星环正把光洒向地面，苍茫的第四行星地表上一片圣洁的光芒。

　　不远处就是P451号矿场，那里地势平坦，到处是岩浆岩。我看过理查德的模拟数据，第四行星穿越查比斯星环时，猛烈的撞击将粉碎薄薄的岩石地壳，由于没有大气层，撞击产生的碎屑，除少量进入轨道空间回归星环外，其余物质会在重力的作用下迅速坠落地面。与此同时，大面积破碎的地壳在重力和岩浆对流的双重作用下迅速下沉，黏滞性极低的岩浆涌上地表，被重力摊平，冷却凝结。这是一颗永远拥有全新地壳的星球，平整得超过了篮球场。在地壳更新的过程中，查比斯金属从地核极深处翻上来，形成新矿。美中不足的是，这种金属下沉得很快，只有接近熔岩层的那一部分地壳才具有开采价值。

　　在平地上赶路，轮式车辆是最佳选择，我在登陆艇上装了六只钛金属轮子，开始在大地上无声地飞驰。不久，地平线上出现了几个高大的塔尖，随着距离缩短，我看清了它们硕大的底部框架。我穿好了外骨骼动力服，它会帮我在高于地球重力的环境下自由活动。

P451 号矿场到了，我走出舱门，一台代号 R17 的维护机器人迎了上来。它知道我是新主管，代表"兴奋"的指示灯闪个不停。夜很凉，矿场周围的温度却很高，整个矿场依靠地热运转，来自星环的循环水通过管道流经地下的热岩，变成高压蒸汽后驱动发电机。矿塔高 50 米，基部被巨大的钢钉牢牢地固定住，中央垂吊着一根粗大的空心陶瓷钻杆，通体洁白温润，在星环光照耀下反射着象牙般的光泽。钻杆直插地面，贯穿地壳薄薄的底部，由挖掘机器人组成的工作队通过钻杆进入地壳深处开采查比斯金属，在矿塔下面挖掘出一个方圆数十平方千米的地下迷宫，这些蚂蚁一般的挖掘机器人拖曳着封闭矿车在矿塔底部的分选熔炼车间卸货，然后再拖着装满废料的矿车返回地下回填矿坑，以防止岩浆熔穿地壳造成人造火山或由此引起的地表下陷。

　　我接连视察了几座矿塔，理查德制定的生产流程几乎无懈可击，整个矿场在机器人的维护下完美地运转着。R17 还在我耳边聒噪着，说它们很累，管理着四百多个矿场，整天没日没夜地加班……

　　我一边心不在焉地听着，一边仰望天空。我看见天空中有微弱的灯光闪动，一个小光点从矿船上分离出来，向远方的地平线坠去。那肯定是理查德，最近他似乎把寻找老查理的区域重新锁定在了第四行星……但对于他的努力，我并不看好。

　　我狠狠瞪了 R17 一眼，我讨厌爱诉苦的机器人。

第五章

我们虽有两个人，但我只能唱独角戏。详尽的考察印证了公司的推测，目前矿场的数量还远未达到管理极限。按照我的估算，以现有的冶炼提纯能力，矿船上的设备足以再支撑一千个新矿场的运作。在扩大生产方面，理查德有意放了水。我给集团打了报告，着重强调自从我来以后，查比斯星系各方面的工作形势均一片大好，也不用担心理查德，他没给我惹麻烦，只是不想走。在报告的最后，我附上了扩大生产的详细调研报告。

一个月后，理查德终于主动找我了，这让我受宠若惊。

他拿着一张电子生产通报，气冲冲地走进我的办公室。这张通报是我早晨收到的，我已经看了，都是集团在生产调度上的新安排，没什么特别的内容。

"他们要扩大生产，第一批设备下周就要启程了！"理查德喊道。

"我知道，这是我的建议，有什么问题吗？"我有些诧异。

"当然有！"理查德显得颇为生气。

"别忘了，你搞科研，我管生产，井水不犯河水，我没做错吧？"我耸耸肩，一脸无辜。

"第四行星的物质循环非常独特，我的研究表明，大量开采查比斯金属会对循环过程带来影响，盲目扩大生产，可能会引发地质灾难！"他大声疾呼。

"你放心吧，我有分寸，我们的原则是循序渐进……"

话音未落，矿船一阵晃动，报警器凄厉地响了起来。一台负责监控地面矿场的机器人跌跌撞撞地跑进来。

"不好了！下面发生了大地震，整个地壳都在动，震级太大，简直前所未见！矿场损失严重！"那个机器人几乎是在哀号。

"地震？"我的脸色非常难看，理查德刚警告过我可能有意外发生。

难道是因为我？可我还什么都没做，施工船队甚至还没出发呢……大约过了漫长的十秒钟，我才回过神来，不可能是因为我的增产计划，看来是我神经过敏了。

理查德也愣了，他惊愕于第四行星用地震印证了他的预言。他紧锁双眉，似乎正沉浸在某种理论的反复推演之中，看样子，也许他的结论是悲剧性的。

"不，太快了，我要去看看到底发生了什么事！可能另有原因！"理查德顾不上跟我说话，急匆匆地走了。

我无意叫住他，如今矿场的实际负责人是我，而我又刚刚跟集团夸下海口。虽然天灾无法抗拒，但现在是我人生中少有的机会。人生漫长，机会难求，此刻关系到我未来的命运。

"矿场情况怎样了？"我大声喝问机器人。

"已经有一半矿场失去了联系，其余矿场的情况也很糟，失联矿场的数量还在增加……"机器人带着颤音回答，它们都很怕我。

我心急如焚，无法安心继续待在轨道上，我决定下去看看。

第六章

我带上几个维护机器人动身了。

还没等着陆，我就被眼前的情景惊呆了。登陆艇所过之处，满目狼藉，曾经光洁平整的大地千疮百孔、沟壑纵横，汹涌的岩浆从缝隙里涌出地面，大地的无数伤口令人触目惊心！矿塔林立的地方，转眼变成了熔岩的汪洋，不少倒下的陶瓷钻杆凌乱地漂浮在岩浆的波涛里，像一蓬蓬随波逐流的枯草。有的钻杆上还趴着守矿机器人——虽是机器人，可它们也有求生的欲望……

这里已不再是景色壮美的天堂，而变成了火的炼狱和魔鬼的故乡。

为了更真切地观察受损情况，我飞得很低，几乎贴着地面。来自行星内部的另一波震动开始了，这一片熔岩的海洋摇晃着身体向天空甩出岩浆，登陆艇底部传来被击中的声音，岩浆转瞬冷却，黏在艇底，新增的重量使艇身摇晃起来。几个机器人恐惧地抱成一团，哆哆嗦嗦，抖个不停。我警告它们不要抱在一起，这样会严重干扰登陆艇的平衡。

我费了好大劲才稳住艇身，重新飞了起来。矿场都完蛋了，价值千亿的基础设施化为乌有……理查德也在这时传来坏信息：地面上的大批监控仪器已经失联或被损毁。行星表面情况对我们来讲已经变得不透明了，为了安全，我必须立刻返航。

回去的路很难走！此刻矿船早已脱离了原先的轨道，进入机动轨道，几十个等离子推进发动机一起不要命地咆哮着，托举着矿船巨大的身躯向高轨道猛冲。理查德发现随着灾难的演进，第四行星的重力分布突然变得不均衡起来，而且有愈演愈烈的趋势，矿船留在低轨道上非常危险，一不小心就可能掉进重力陷阱！要知道矿船是个庞然大物，一旦丧失高度，想再飞起来可就难了！他果断启动了所有能用的发动机，拼命提升矿船的高度和速度。

我在登陆艇里焦急地盯着矿船那庞大的身影，看得见，可就是接近不了。刚才几番低飞让我失去了过多的燃料，我必须赶上矿船。我转过身去，狞笑着看着那几台已经无处可用的机器人。

"你们几个，给我从登陆艇上滚出去，别忘了把门关好！"我对它们下达了命令。

机器人们都在"心"里骂我，可它们的身体却不折不扣地执行了我的命令。不一会儿，气闸室传出"砰"的一声，那是气闸室开门时气体冲出船舱发出的声音，随即监视器侦测到一大堆物体脱离飞船。飞船顺利提速，我离矿船越来越近了。

理查德正在主控室等我。

第七章

第四行星庞大的身影高悬窗外，它伤痕累累，好像一枚被红色蛋清淹没的巨卵。大型显示墙正不停地切换着画面，那是遍布整个查比斯星系的探测器传回的实时监控画面。理查德背对着我，坐在舷窗前向外凝望，他听见我回来，转回身，相对于我的焦灼，他倒平静了，一副既来之则安之的神情。

"不是我们的原因！"他对我说。

"当然不是！承蒙你多年来对第四行星手下留情，我们的开发规模不过是给它挠痒痒！这是天灾，跟我们有什么关系！"我有点气急败坏。

"这才是天大的麻烦！"

我没听懂，但明显感觉到理查德话里有话。

"你看——"理查德用右手做了个手势，监控墙上纷乱的画面消失了，偌大的墙壁一片漆黑，整个主控室为之一暗。

"你瞧屏幕中央。"理查德提醒我。

屏幕中央有一块淡灰色斑点，面积不大，恍若有东西在其中闪烁。随着时间的推移，那处灰色的边缘仿佛活了一样，蠢蠢欲动，它的面积慢慢缩小，最后消失不见，只留下一块纯黑的墙壁。

"这是什么？"我问道。

"天球 6 号区域方向上的查比斯云，震前探测器传回的图像。"

"你的意思是……"

"有东西进来了。"

我立即明白了，由于查比斯云特殊的物理特性，几乎能阻隔大部分光辐射，从而使整个星系与外部隔绝。为此，集团公司在查比斯云内侧布置了数以万计的小型探测器来监视进出查比斯星系的飞船，这些探测器就是预警系统的眼睛。灰斑能够在探测器的视野里呈现出一定的面积，说明这块区域非常大，几乎有上万平方千米。灰色说明该处的查比斯云尘埃的密度下降，灰色边缘的蠕动是查比斯云尘埃自行调整填充空洞造成的。要知道，即使是 1000 艘"光辉号"这样的大型货船同时穿过查比斯云，也不会造成如此巨大的尘埃洞。

"应该是路过的小行星。"我肯定地说。

广袤的太空里时常会有流浪的小行星出现，查比斯云的范围很大，偶尔有一两颗这样的小行星过境也勉强说得过去。

"来者速度快，质量大，穿越的时候似乎带走了大量查比斯云尘埃，与辐射明显的飞船差别很大，因此探测器没能把它从宇宙背景图像中分离出来。"理查德说。

"但愿不会撞上我们。"不速之客虽令我担心，但我还无法把它与当前的糟糕情况相提并论。

"我猜它和第四行星是一类东西。"

理查德轻描淡写的一句话，把我撂在了云雾里。他是科学家，不会说出太不着边际的话，我等待他说下去。

"我爷爷当年发现第四行星时，它也是一片火海，因为地壳破碎，船载分光计通过熔岩的火光，发现了查比斯金属。后来他辞去了集团的管理工作，一心致力于第四行星的地质研究，同时兼管矿场，一共干了50多年。"理查德顿了顿，"直到他老人家失踪……"

我猜不出理查德为何在这个节骨眼儿上主动提起这事，平时他根本不屑和我说，但"它也是一片火海"这句话，不禁让我多了一分联想。

"难道你有线索？"我问。

"失踪前，他曾经给我父亲去过一封信，那时我还小。多年后我父亲因事故去世，我在他留下的一大堆电子文件里找到了这封信，信里说第四行星是一个神秘的星球，并对第四行星的本质进行了大胆的猜测。"理查德说。

我的好奇心完全被勾起来了，没想到理查德今天跟我说了这么多。

"信里说，第四行星是某种生命体。从那时起，第四行星的秘密一直诱惑着我，加上我还要寻找爷爷的下落，所以我就主动请缨来了查比斯星系。"理查德缓缓地说。

"生命体？！"我说。

"对，是活的非碳基生命体！"理查德回应道。

"这就是你警告我不要盲目扩大生产规模的根本原因？"我恍然，但又不禁愕然。我们这个时代，"宇宙间不存在非碳基生命"已有定论，贸然挑战这个结论肯定会遭人嘲笑，况且这生命体还有如星球般巨大。

"是的，这是个无法在短时间内证实的颠覆性发现。"理查德说。

"你原本不想告诉我的，对吧？"我说。

"因为你既不会相信，也不会在这里待很久。现在我告诉你，是因为它来了。"理查德指着监视屏，"第四行星的同类，也许是天敌，第四行星已经做出了应激反应。"

"我承认不明物体是一个潜在的安全威胁，但我不认为正在发生的灾难与它有联系。"我说。

"你错了！"理查德说。

"证据呢？"我反问。

"探测器最初记录到查比斯云圈异动，距现在只有 6 个小时，当时信号还在路上，我们还无从知道，我再让你看看今天的地面监控数据。"理查德说。

理查德又做了个手势，开启了一个信息窗口，五颜六色的波形图不停变化，振幅随着时间的推进越来越大，窗口上的坐标系被迅速放大，整个监控记录的起始时间是 5 小时 28 分钟之前。

"这是地壳相变压力、地幔物质流变、地壳流体温度、地震反射波数据的综合分析，还有……所有异常数据记录出现在云圈异动 32 分钟以后，几乎与收到探测器传回的异常图像数据的时间同步。这是超级地震爆发的前兆，我发现第四行星内部几乎在极短时间里就变得一团糟，大地震随即就爆发了，而那些看似不可能的地面监控数据都被主计算机视为仪器采样错误，给处理掉了，因此耽误了发出警报的时间。"理查德说。

"该不会是巧合吧？"我问。

"你看云圈异常与地面异常二者的时间差，这个数值非常关键。"理查德提示我。

"有 32 分钟！刚好是光线从云圈走到第四行星所需的时间，也是视频信号从探测器传到矿船信息采集系统所需的时间。你是说，那些异常的地质数据和其他无用数据一股脑儿冲进了信息存储器，还没等信息处理系统做出正确判断，第四行星就已经开始有所反应了……"我若有所思地说。

为了否定理查德的理论，我必须先假设他是对的，然后再逐条驳倒他。如果第四行星真是一个活的生命体，那就意味着它有着非常敏锐的感官，甚至在效率上打败了我们遍布查比斯星系的监视系统，但这似乎不可能……

话音未落，我感到一阵天旋地转，矿船好像被人在外面狠狠地推了一把！我下意识地绷紧全身肌肉——撞船了！我们身边摆放的小物件噼里啪啦地飞到天花板上，甚至砸坏了两盏顶灯，顶灯爆发出一小团烟雾，碎片转瞬飞散。我听到隔壁几个舱室也传来巨响，不知是什么设备摔到了天花板上。

千钧一发之际，安装在鞋里的陀螺仪感受到异常变化，及时启动磁力装置，把我和理查德牢牢固定在地板上。我俩惊恐地向舷窗外面望去，发现一直保持稳定的景物发生了变化，第四行星正在窗外慢慢飘移，不久就要移出窗户的可视范围了——这说明矿船的姿态和轨道发生了变化。

"主机！汇报情况！"理查德吼道。

"飞船获得额外加速度4，飞行姿态前倾60度，自旋角速度增加720度每分钟。"

"稳定飞行姿态，计算飞行轨道！"理查德命令。

又是一阵嘎吱嘎吱的晃动，飞船外似乎掠过一阵气体，那是矢量发动机在调整飞行姿态，要飘走的第四行星又缓缓地回到舷窗中央。飞船里的人工重力也正常了，控制室里下起了杂物雨，我和理查德缩着头提防被掉落的物件砸到，最后随着从隔壁舱室里传来的几声巨响，飞船终于恢复了平静。

主控室满目狼藉，我大声地招呼机器人们过来收拾。

"抱歉！培养舱的营养液倾覆了，我们正在回收液体！"几个机器人大声叫道。它们终于逮到一个反抗我命令的机会了，主控室暂时的凌乱确实无法和上百吨植物培养液的损失相提并论。

"第四行星爆发了瞬时磁暴，我们搭上了一个强有力的磁力电梯，现在矿船轨道比刚才提高了 50 千米。"主机大声汇报。

"不合常理啊，第四行星的磁场弱得可怜，怎么会……"理查德喃喃自语。

"地磁场正在……吱吱……吱吱……吱吱……"主机突然发出一阵刺耳又无意义的噪声，接着沉默了。

"主机！回话！"理查德大叫。

中央电脑没有回应。

第八章

矿船静了下来，几乎所有设备都同时断了电，就连头上的灯闪了几下也熄灭了，舱内一片昏暗，第四行星暗红色的幽光从舷窗射了进来。我和理查德面面相觑，脚下伸展出两道长长的影子。墙壁上的监控画面停留在半幅没有描绘完的第四行星磁力图上，显示屏可以在断电的模式下保留图像，画面显示磁场强度达到 100……天晓得后面还有多少个零，天知道哪里来的这股强大的能量。

"机器人！"我向舱外大喊，没有任何回音，只有我的声音在飞船里回荡。

"见鬼！一定是刚才的意外加速损坏了供电系统。"我说这话的时候心惊肉跳，在太空里失去能源就意味着死亡。

"不对！你听。"理查德示意我。我静下心来，慢慢地，一种十分细小的噪声闯进我的耳膜。平时这种细微的声音会淹没在飞船设备纷乱的噪声里，大概只有现在才能听清楚。那是一种类似流水的声音，是能源舱聚变反应堆运转的声音。

"不像是能源系统的问题，况且机器人的电能储备为15天。即使断电，短时间内机器人还是可用的，肯定是主机控制系统出问题了！糟了，难道是它？"理查德走到控制台前，尝试着重新启动电力供应。

"谁？"我惊讶地问。

"幽灵程序！"理查德说。

"什么程序？"

"幽灵电波！幽灵程序！你叫它什么都行！也许通过它，我们成了第四行星的耳朵和眼睛。"理查德一字一顿地说。

我本就很难相信"第四行星具有生命"这一结论，如今理查德说我们可能是第四行星的眼睛和耳朵，还冒出个"幽灵程序"来，简直令我不知其所云。

"第四行星内部呈现异动的时间比我们接收到空间探测器传回异常监控画面的时间只晚了一点，因此我猜测是'幽灵程序'先于主机信息系统，率先完成了信息扫描，随即它向第四行星表面发送了一条似乎毫无意义的电波，今天《通信日志》的第二百四十八条记录了这条电波的内容，'嗞嗞，啵啵啵'不断重复，当时通信天线指向的区域仅仅是一片空地。"理查德说。

"你能说得再明白一点吗？这里还有什么秘密我不知道？"我逼问道。

"好吧，到了这步田地，都告诉你也无妨。其实，我爷爷早就发现了查比斯星系的'幽灵电波'，通过'幽灵电波'我又发现了'幽灵程序'。当年我爷爷在奔赴 M246 星系途中，救援飞船接收到了一个微弱但不断重复的信号，大家都怀疑这个信号是失踪的管理员发出的，爷爷驾船前去查看，结果一头撞进查比斯星云，探明电波来源就是第四行星，但没有发现失踪人员。我来查比斯星系后，'幽灵电波'现象逐渐增多。这电波时隐时现，如不仔细分析，一定会被忽略掉。我曾经怀疑过，这种现象只不过是第四行星活跃的地质运动产生的自然现象。但后来我发现，这电波具有指向性和目的性，好像始终有一个未知的存在一直在悄悄刺探我们。直到一年前，我花了大量时间分析计算机运行记录，终于有了结果。我发现了一段诡异的程序总是在呼应'幽灵电波'，我叫它'幽灵程序'。它似乎拥有很高的智能，能于系统之外自辟蹊径，神出鬼没，十分狡猾，总是在不经意间冒出头来，但从不引起故障，所以很难发觉，主机甚至一直质疑我的发现。它经常光顾信息收集系统，每当'幽灵程序'活跃的时候，'幽灵电波'就增多，同时第四行星的内部活动也会增多，其中存在明显的因果联系。我耗费了大量精力，就是为了抓住这段'幽灵程序'，想看看它到底是什么东西！"理查德接着说。

"后来怎样了？"

"后来，集团就把你派来了。"

"难道断电是'幽灵程序'引起的？"我急切地问。

"有这个可能，但那样就太可怕了，我还要核实一下。不过我认同爷爷的假设，我认为第四行星可能与我们建立起了一种共生关系，就像牛椋鸟和美洲野牛。我们开采第四行星的矿藏，同时第四行星利用我们的资源为它站岗放哨。否则，《通信日志》的第二百四十八条记录的那段'幽灵电波'从何而来？第四行星灾变为何与发现不明天体在时间上如此巧合？这是非常明确的因果关系！我反对扩大生产规模增加查比斯金属的开采量，就是出于这种顾虑。我害怕打破这种共生关系。但现在看来，一切都是多余的，第四行星已经对更高级别的威胁做出了反应，城门失火，殃及池鱼了。"

飞船断电，机器人失灵，共生关系。实在太惊悚了！无论如何，排除供电故障才是当务之急，总不能等死吧。

我跨过地上凌乱的物件，去取检修工具。在平时，电力维修检查这些事，都是机器人的活儿，可如今我必须亲自出马了。

第九章

还没等我走出控制室，通道里传来一个冰冷的声音："请不要离开控制室。"

这声音听上去既熟悉又陌生，我早就熟悉了这种金属声带发出的略带谄媚的音色，但现在声音里的谄媚不见了，取而代之的是冷森森、不可抗拒的感觉。

金属脚步声响，五台平日照顾我们工作起居的机器人从黑洞洞的通道里走过来，一字排开，拦在我面前。星光透过舷窗照在机器人们的面具上，它们淡红色的镀膜眼睛紧盯着我和理查德的一举一动。

我当场愣住，原来刚才机器人不仅无视我的命令，还暗中偷听我和理查德的谈话。

"重复一遍，不要离开控制室，我会尽力保证你们的安全。"一台机器人说道。

"放屁！刚才叫你们为什么不吱声？都死到哪里去了？还不快去检查供电系统！"我气不打一处来，大吼道。

嘭！我眼前金星飞舞，向后跌倒，右眼白光闪烁，眼眶火辣辣地疼。

我让机器人揍了。

"不要着急，电马上就来。"打我的机器人不动声色地说。

果然，飞船上的设备好像一起约好一般，同时发出通电启动的声音，嗡嗡声和吱吱声不绝于耳。控制台上、墙壁上、天花板上、墙角里各种指示灯闪个不停，巨大的信息监视墙迅速重绘了那幅没完成的磁场图。紧接着头上天花板的照明灯亮了，漆黑一团的甬道也亮起了灯光，照得一切都那么真实。

不！太不真实了！我爬起来，靠在理查德腿上，用手捂着被打肿的眼眶，仰头看着眼前高大的机器人。平日里这些机器人见我都是点头哈腰的，我从未觉得它们如此高大。今天发生的事都太难以理解了，快把我逼疯了。

"你们居然敢打人……"我话还没说完，理查德一把捂住了我的嘴，他小声对我说："别吱声，真是它，那个幽灵！"

我把到嘴边的话咽了回去。

"你看监视墙。"

我扭头望向监视墙，这才发现监视墙上的画面变了。原来的数据图不见了，取而代之的是成百上千个细小的画面，数不尽的窗口层层叠叠，不断相互覆盖，交替闪烁。画面里不是漆黑的查比斯云，而是第四行星、星环与中央恒星的图像。这些图像从各个角度瞄准目标，有的极远，有的极近。

"怎么回事？"我小声问理查德。

"它控制了机器人和空间探测器。"理查德很小声地说。

"它要干什么？"我觉得我被打糊涂了。

"它在找今天早晨闯进星系的那个东西。"理查德回答。

我扭头瞅了瞅机器人，看来它并不介意我们谈话。我胆子稍微大了一点儿，偷瞄了一下控制台上右侧一个罩在玻璃保护罩里的橙色按钮，那是机器人链路开关，只要按下它，这五个机器人马上会处于休克状态。还没等我把目光收回来，我感觉脖子一紧，整个人被拎了起来，重重地扔在一把椅子上。我随即被弹出的安全带捆住，动弹不得。

"老实点儿，不要做无谓的抵抗！"随即我的右眼又挨了一下，痛得我龇牙咧嘴。

理查德也被捆了起来，但机器人没打他。我开始怀疑，是否平时我对机器人太苛刻，从而遭到了报复。我俩失去自由，成了机器人的囚犯。

第十章

随着时间的流逝，形势越来越糟，造反的机器人掌握了我们的生杀大权，就连外部空间环境看上去也越来越危险了。这期间，第四行星的磁场又爆发过几次，矿船经历了几次不规则的突然加速，每次加速的时候，飞船里都回荡着悠长的异响，我已有理由担心这艘飞船是否能经得起没完没了的折腾。

现在矿船进入了一个冗长的大椭圆形轨道，速度飞快。如果再来几次加速，甚至会达到第四行星的第二宇宙速度——挣脱行星引力的束缚，直接进入宇宙空间。

瞬时，磁暴也影响到了恒星环，第四行星一侧的恒星环彻底混乱起来，大片大片含铁的石块、水冰、尘埃从星环泛起，引起了连锁反应。井然的秩序不见了，取而代之的是骚动和混乱，石块与石块相互撞击迸发出闪光，闪光像波纹一样在星环中散开，星环的纹理发生了戏剧性的变化，就像一副被推倒的多米诺骨牌。混乱正以看得见的速度向整个恒星环扩散，很多碎石块带着巨大的动能脱离了原有轨道进入了开阔的宇宙空间，要不了多久，第四行星及附近空间就将不适于航行，任何航天器都不敢在这样的空间里全速飞行。

相对于外面的混乱，控制室显示墙上的无数个窗口却变得规整起来。每个窗口里都包含了无数个小型监视画面，这些小画面排列得整整齐齐，横看成行，竖看成列。每个画面都是由分布在查比斯星系里不同位置的独立探测器拍摄的，所有画面的中心都是明亮的主恒星。这些监视画面构成的窗口，状如昆虫复眼，这种组合对光线的强弱变化极为敏感。

"你看出来了吗？"理查德小声问我。

"是复眼矩阵。"我回答。

　　它的智力比我想象中的还要可怕。无数个窗体，就是无数只眼睛，应该是对我们全部探测器在面向中央恒星所有角度上的排列组合，这将会极大地提升星系内不明物体的侦测概率。不明物体身披隐身尘埃外衣，虽不反射光线，但一定会阻隔光线。只要观察到来自中央恒星光线的强弱变化，就可能确定不明物体的存在。只要把多个不同位置上的探测器检测到的光线变化联系起来，就能得到不明物体在球切面上的运动投影。如果有多个复眼侦察到了不明物体在球切面上的运动投影，计算机就能计算出它在三维空间里的运动轨迹。越多探测器探测到光线变化的信号，得到的三维运行轨道就越精确，这是由无数只眼睛共同构建精细立体视觉的过程。虽然信号传输到矿船有延迟，但任何物体都是有惯性的，尤其是体型巨大的物体，一旦发现运动轨迹就足以预估不明物体的准确轨道。我估计监视墙上密密麻麻的复眼窗口，不过是所有组合里的沧海一粟，更多难以统计的复眼阵列正运行在主计算机亿兆级的内存里。

　　控制台上很多灯光开始变暗，不少辅助系统的供电指示灯干脆灭掉了。我觉得喘气有些困难，突然意识到为了给复眼计算提供更充足的电能，氧气发生系统可能被主机切断了，而植物培养舱里密密麻麻生长的植物也因此断绝了光源，长势良好的作物立即转为耗氧状态，开始与我们争夺宝贵的氧气资源。

　　不一会儿，主机的散热风扇组也号叫起来，看来不管多么先进的计算机都害怕做大规模并行计算。主机散发出的热量开始透过墙面、地板、通风管道传导过来，主控室变得越来越热。这么下去，我和理查德很可能会被憋死。

我感到压抑，不得不号叫了起来，可是机器人们看都没看我一眼。

"挺住！放松！现在它比我们还紧张。"此时理查德的脸也被热浪烤得红扑扑的，但他显得很镇定。

第十一章

不知过了多久，复眼窗口停止闪烁，紧接着如雪崩一样纷纷溃散关闭。与此同时，一直咆哮的主机散热风扇发出了最后几声怒吼，像踩刹车一般停了下来。

我被新描绘出来的图像吸引了，这是查比斯星系的三维立体图像。图像的中心有一根树枝样的东西，它从一根粗大的主干上分出三根小叉，这三根小叉还在快速生长，方向所指就是第四行星。它终于找到那个不明物体了，树枝样的东西就是闯入者的运动轨迹，不速之客的速度太快了，而且距离我们不远，果然是冲着第四行星而来，不是一个，是三个！

随着主机运算量的下降，空调系统重新获得了足够的电力供应，控制室里温度开始下降。但我更加忧心忡忡，如果不明物体与第四行星发生碰撞，后果难以预料。

磁暴再次爆发，矿船剧烈颠簸。我甚至感谢机器人用安全带把我牢牢捆住，这使我还能活着，避免了被摔得粉碎的命运。

磁暴渐渐平息，矿船却因受力不均而滚动起来，第四行星逐渐退出了舷窗的可视范围。过了一会儿，第四行星才从舷窗的另一侧慢慢显露出来。

眼前的景物我不再熟悉，第四行星不再是一个完美的球体，它变成了一个不均匀的椭圆体，一端大些，另一端小些，鲜红色的是外溢的岩浆，有某些东西在稍大一端突出地表，正在抬升。

矿船继续滚动，第四行星开始退出舷窗。

但不久后，第四行星又显露出来，新出现的抬升物更加明显了，这是什么？

是因地震或者火山喷发而隆起的高原吗？是新出现的山峰吗？

第四行星再次消失，又再次出现。

如果那些隆起物是山峰，此刻第四行星的造山运动就是以秒来计算的，山峰隆起的速度肯定大大超过了声速，甚至还在加速！可以想象，第四行星地下的岩浆奔腾着，持续释放堪比亿万枚氢弹爆炸的能量，巨大的压力把地壳拱上天空……

但我心中充满疑惑，这次为什么岩浆还没喷出地面？在如此强大压力的作用下，行星那薄薄的、早已千疮百孔的地壳，本应"噗"的一下被炸开，喷出射流状的地心物质，飞溅到太空里，慢慢冷却。

不知过了多久，调姿发动机启动，矿船自转渐渐变慢，直至停住，第四行星又回到舷窗中央。

第十二章

我们被彻底震撼了，第四行星变换了形态，那是一只暗红色八足巨兽，无声地飘浮在太空里，身体膨大的一端伸出八只堪比山岳粗细的鞭足，由于大量物质转移到鞭足里，第四行星的主体部分略显细长。每只鞭足都有上千千米长，一直伸展至太空轨道，其中一只伸到了矿船附近，如同一支飘荡的滑梯。沿着这根滑梯，我觉得可以一直滑降到行星表面。

第四行星毫无疑问是某种特殊的生命，虽然远离它，我仍然能感觉到它体内蓬勃的力量。这是生命与生命之间的共鸣，这是一种奇异的感觉，难以想象这股力量的源泉来自何方。这股力量不知在地下蕴藏了多久，此刻它爆发出来，跨越空间直达太空，我感到身处的矿船正随着这股力量在一起律动。这股力量不但驱动着第四行星进行了不可思议的形态变化，同时还驱动着磁力，操纵着绵延万里的鞭足。

我们久久地沉默着，终于理查德吐出了一句话："原来，这才是查比斯金属的真正用途！"

我愣愣地看着那八只在太空里不停舞动的鞭足，它们反射着恒星灿烂的光，那是金属的光泽，是查比斯金属特有的暗红色。我终于明白了，查比斯金属构成了第四行星鞭足的管状外壳，凭借该金属的特性，鞭足获得了超强的硬度与韧性，再由行星核心泵入岩浆，赋予鞭足巨大的质量，又凭借强大的磁场，赋予鞭足活动能力。我们每年辛辛苦苦从第四行星开采的500公斤查比斯金属，对它来说根本不值一提。它用一点点代价，就把人类牢牢地吸引在它的身边，任其窥探、利用。

"它们到了！"理查德大喊。

监视墙上描绘出的路径已经延伸到第四行星所在位置，但方向略有改变，三个不速之客好像在竭力避免与第四行星相撞，但是已经来不及了。

三维立体图像消失了，三个不明物体已经抵达第四行星上空。第四行星无须再利用人类的计算机为其提供预警，第四行星在最恰当的时机完成了形态变化，我猜现在是它的巅峰时刻，它能量充沛，力大无穷，信心十足！在它的磁圈里，它相信自己能击退一切来犯之敌。

主控室里静悄悄的，我和理查德全神贯注地向窗外观望，希望能捕捉到闯入者的一鳞半爪。时间一点一滴过去，外面很平静，什么都没有出现。正当我想放弃的时候，第四行星距离矿船最远的一只鞭足突然动了起来，它闪电般地在太空中划过，仿佛在抽打一个不存在的幽灵。

一股灼热刺目的光芒迸发出来，辐射强度足以烧毁我的视网膜，被动防护系统迅速做出反应，舷窗玻璃变为黑色，隔绝了辐射。

矿船再次抖动起来，矿船的主体结构发出不堪重负的响声，久历磨难的矿船再次冲进湍急的河流。仪表显示，防护罩的力场达到了极限，主动防御系统全功率运行。从船体传来的撞击声判断，只有一些细小的碎片击中了矿船，矿船依然完好，我猜一定是第四行星用它的磁场或者是那只离我们最近的鞭足保护了我们，否则如果爆炸产生的抛射物直接撞到矿船上，单凭防护罩的力场是绝对无法承受的。

紧接着又是两道耀眼的光芒，我似乎听到两声凄厉而绝望的声音从远方传来。那一刻，我相信另外两个入侵者也完了。又是一阵噼里啪啦的撞击声，矿船又开始颠簸。

过了一会儿，舷窗上的黑色慢慢褪去。我向窗外望去，还好，第四行星还在窗口的可视范围里。原本视线良好的太空，到处充斥着肉眼可见的烟尘和漫天飘飞的黑色碎片，我不知道那是些什么东西，第四行星在其中若隐若现。此刻，第四行星的八只鞭足都开始收缩、变短，它们抱在"胸口"，正全力束缚着某个东西。

胜负已分！电光石火之间，第四行星精准地击溃了来犯之敌，我们甚至没有机会一睹入侵者的真容。

第十三章

长时间的禁锢，令我手脚麻木，何时才是个头啊……我看了看环伺在身边的机器人，很担心自己的安全。入侵者被击败了，接下来它会如何处置我和理查德？

理查德的假设，音犹在耳。如果第四行星是美洲野牛，我们是可爱贴心的牛椋鸟，那么我们或许是安全的。但愿第四行星禁锢我们是出于迫不得已，不久它会交还矿船和机器人的控制权，毕竟只有我们才能维持矿船及规模庞大的探测器阵列的正常运转。接下来，相当长的一段时间内，查比斯金属的开采必须停下来，人类将珍惜使用查比斯金属，我们会等待第四行星恢复到原有的状态后再逐步恢复矿业生产。当然，鉴于第四行星是智能生命，我们不会盲目扩大产量，我们会循序渐进，逐步试探第四行星的反应……这可真是在太岁头上动土！宇宙里没有非碳基生命的论断将就此成为过去，人类将重新审视生命的定义，将以更加和谐的方式与大自然相处。我设想了多个场景，甚至包括以我为首的代表团与它展开建设性的对话，商榷我们能够提供的服务和它应该付给我们的报酬……这种场面非常具有戏剧性，可以想象一头大象和一群细菌之间的讨价还价，我和理查德将作为这段传奇的亲历者而永留史册。

就在我胡思乱想之际，两个机器人去而复返。它俩慢吞吞地从外面拽进来两个金属箱子。我一眼就认出了这两个箱子，它们平时就搁在维修间，箱子里各种维修工具一应俱全，它到底要干什么？两个机器人打开箱子，把工具搬到外面，胡乱放了一地。

我觉得形势不妙。

"你们想干什么？"理查德终于说话了。

"带你们走！"一个机器人说。

"我猜到了。"理查德说。

"你是个聪明人。"机器人说。

"等等，理查德，你们在说什么？"他们的谈话内容令我恐惧。

"它要杀人灭口了。"理查德平静地对我说。

"什么？你不是说我们和它是共生关系吗？"我顿感五雷轰顶。

"你还没想明白吗？"理查德的语气依然平静。

"这到底是怎么一回事？"

"它的确需要我们的监测网为它提供可靠的预警，可我俩都见过它的真实形态，尤其是见识了那亿万吨的查比斯金属储量，因此形势发生了变化。入侵者被消灭了，而我俩则变成了它最大的威胁。"理查德解释道。

"你是说它不相信人类。"

"是的。"理查德说。

我沉默了，刚才的估计过于乐观，而现实如此残忍。我努力冷静下来，但理智的分析让我绝望。第四行星，一个始终躲在暗处把我们玩弄于股掌之间的异类。它长时间不动声色地潜伏在矿船系统之中足以看出它的狡猾，它容忍人类在它身上开采查比斯金属足以看出它的阴险，它突发冷箭，控制机器人，实施绑架，操纵成千上万具探测器足以证明它无与伦比的智慧，它灭杀入侵者的雷霆手段足以看出它的决绝。

这个异类应该非常了解人类。在我们原先的理论中一直认为查比斯金属只是微量地存在于第四行星的岩浆中，这是被欺骗的结果。可今天第四行星为我们展示了亿万吨查比斯金属储量，这相当于向整个人类展示财富的海洋，它怕这笔财富会激起人类世界的疯狂。

这个精明的家伙要保证自己的绝对安全，它绝不会善罢甘休，它既想利用我们，又提防我们，接下去我该怎么办？我看看理查德，他也一筹莫展了吗？我又想到了理查德的爷爷老查理，眼看"失踪"的命运又要落到我俩的头上。它会杀了我们！但刚才它还保护了我们……不，我想通了，它根本不是在保护我们，它是在保护自己的资产。这个阴谋家，它留下自己需要的东西，毫不留情地毁掉威胁自己的东西。我绝望了，未来人类和第四行星依然会维持互惠的共生关系，只不过我和理查德的死将成为维持这种关系的先决条件。

"我不想死！"我大喊起来。

"放心吧，我们会照顾好矿船，直到新来的人代替你们。"机器人说。

我浑身颤抖，万万没想到我会死在这个荒凉的地方，不久我的名字就要被划归"失踪人口"一类，甚至连怎么死的都没人知道。

安全带松开了，一个机器人拧住我的胳膊，把我从椅子上拎起来。伴随着钻心的疼痛，我竭力挣扎，拼命反抗，但仍然无法阻止被拖行的脚步。

工具箱张着大嘴，似在狞笑。

"为何不干脆杀了我们？"理查德正色问道。

"不要着急，不久你们会永远和我在一起。"

"那好吧，我跟你们走，不要侮辱我们，我不想被装进箱子里。"理查德说。

"你最好先劝劝你的同伴。"

难道理查德放弃了？在我看来他过分理智了。

"张，不要挣扎了，你这样会更痛苦。"理查德说。

我沉默。

终于，我也冷静下来，不再挣扎。我想，也对，反正要死，为什么不死得舒服一点儿?

机器人满意地看着我们俩。它确信摧毁了我们的反抗意志,它有这个自信,单凭我俩的力量是无法同时与五个强大的机器人对抗的。

理查德也被松开了,他也被勒得不轻。他颤巍巍地从椅子上站起来,整理了一下弄皱的衣服。

他脚步踉跄,走得很慢。

很不巧,他被地上凌乱的工具绊倒了。

他身体前倾,无法保持身体平衡,他被绑得太久了。他倒向控制台的方向。

终于,理查德扶住控制台站稳了。

电光石火之间,五个机器人同时一跃而起扑向理查德。

电光石火之间,理查德的拳头击中了玻璃保护罩里的橙色按钮。

玻璃碎裂声传来,理查德切断了机器人链路开关。

顿时,五个机器人像断了线的木偶,失去控制,噼里啪啦地摔在地上。

理查德成功瞒过了它,人类到底技高一筹。

我们自由了,我双腿一软,瘫倒在地。

"快起来,帮我看看矿船是否还可以操控!"理查德手脚麻利,一点也看不出他被捆了那么久,一定是身体比较瘦小的缘故,再加上尽力伪装，人类典型的小伎俩派上了大用场。

我刚爬起来，忽觉脚腕一紧，低头一看，一只机械仿生手握住了我的脚踝，不知怎么的，刚才倒地的机器人又缓慢活动起来。

"坏了，它重启了机器人！"理查德回头一看，也慌了，连忙再次用力按动橙色按钮。

这一次，按钮失灵了。

抓住我的机器人猛然抬起头，阴森森地对我说："不要白费力气了，你们太危险了。我很生气，我不需要你们了，看我现在就杀死你们！"

话音未落，几个机器人纷纷扭动起来，以手撑地，眼看要站起来了。

"当"的一声，火花迸射，一把斧头砍断了抓住我的仿生手。

"快，机器人重新启动需要一些时间，砍它们！"理查德举着斧子大喊。

一语惊醒梦中人，眼下解决问题的最简单的方法就是用暴力摧毁这些还未完全"清醒"的机器人，在硬件上彻底隔绝它和机器人的联系。机器人的通信视觉感知系统就安装在头部，机器人颈部护甲里到处都是脆弱而敏感的数据排线。

"去你的！"我一脚蹬开恐吓我的机器人，从地上捡起一把消防斧，冲进机器人堆里。

控制室里，机器人外壳的碎片到处飞溅，我俩不由分说一阵乱砍，几个机器人的头颅很快就被斩断，倒挂在躯干上，此刻它们完全无法抵挡雨点般落下的斧头。

正当我们弯着腰，累得气喘吁吁，以为一切都结束的时候，通道尽头又响起一阵嘈杂的脚步声，迅速由远及近，踢得金属舷梯叮当作响。

我们面面相觑，随即马上明白过来。"坏了！"我俩大叫着冲向舱门。就在我俩挥动斧头狂劈乱斩时，我们完全忘记了在船尾货舱里还有十个完好的可以随时投入使用的服务机器人。它指挥着机器人们气势汹汹地向控制室杀来。我们必须靠人力关闭舱门，然后看看是否还有其他方法能够切断它对机器人的控制。

舱门动了，在越来越窄的门缝里，我看到通道地板上、墙壁上、天花板上，到处是机器人的身影。

我们奋力拧紧闭锁装置，终于赶在机器人到来之前关闭了舱门。机器人在门外恼怒地叫着，用身体一次次撞击舱门，发出震耳欲聋的响声。我们暂时安全了。

"砰！砰！砰！"三声巨响，一波未平，一波又起。

我转回头，赫然发现，不知何时，在控制室宽阔的舷窗外站着三个矿场维修机器人！机器人脚下的舷窗玻璃已经被砸出细小的裂纹，远处还可以看到有小白点正穿越黑色雾气向我们高速靠近。我认出来了，它们是在返航途中为了提升速度被我当作废物丢掉的机器人，它们依靠磁场回来了。它一定在观望，如果矿船内的机器人不能顺利攻入控制室俘虏我们，它便会让船外的机器人打破舷窗冲进来杀死我们，尽管这也会给它的资产带来不小的损失。

我和理查德背靠在舱门上，不敢轻举妄动，生怕刺激它做出极端举动。一股热浪从门上传来，我俩慌忙从门旁躲开。舱门出现了一条火红的弧线，弧线慢慢延伸——机器人们取来了激光切割机。机器人突破舱门只是时间问题，我们要完蛋了。

第十四章

又是一阵猛烈摇晃，一种异样的感觉涌上心头，我惊奇地发现站在舷窗外的机器人轻轻飘了起来，离舷窗越来越远，一晃便越过矿船不见了。几个原本高速逼近的小白点在视野里逐渐变大，可它们根本没有减速，也没击中矿船，只是从矿船旁边飞走了。

控制室舱门上的火红圆弧也停止了扩张，门后的机器人噼里啪啦地摔倒在地。顷刻间，一股熟悉的感觉回来了，虽然控制室依旧充斥着各种仪器交织的噪声，但我觉得这声音中少了一丝阴冷与诡异，直觉告诉我，它走了。

"看！"理查德指向窗外。

迷雾里，第四行星"怀里"的黑色物体好像快挣脱出来了，第四行星的八只鞭足正竭尽全力，拼命要把那黑色的怪物再次控制住。

"机器人瘫痪了，肯定和那个黑家伙有关。"理查德走到控制台前。

"非常抱歉！刚才我……"一个熟悉久违的声音响起，是矿船主机在说话。

"矿船怎么这么乱。我的轨道！我的系统时钟！我的门！警报！警报！"主机突然歇斯底里起来。

"你闹够了没有？快检查一下门口的机器人。"理查德说。

"天哪，它们是什么时候跑出来的？"主机答道。

"别问了，切断它们的能源再说。"理查德说。

"遵命，但是真的不能问一下吗？"主机说。

"它们差点儿杀了我！"理查德说。

"你听着，从现在起你把所有设备都给我牢牢看好！不要再被别人钻了空子。"理查德说。

"遵命。"主机回答。

"让我看看第四行星。"理查德说。

监视墙上迅速显示出第四行星的特写画面。虽然有黑雾笼罩不很真切，但还能分辨出若干细节。情况瞬息万变，暗红色的八足巨兽再次困住了黑色怪物。怪物全身呈纺锤形，尖尖的头部，似乎生有喙状的嘴，腹部也有八只黑足，它扭动身体，拼命想从第四行星的束缚中挣脱出来。与此同时，它的嘴还死死咬在第四行星身上，拼命吮吸着，正从第四行星体内汲取着一股股灼热的物质！它表现出了近乎疯狂的矛盾行为，死到临头了，它想逃跑，但还舍不得到嘴的食物。

"理查德，我收到'登录者一号'的信号，很强烈！"主机突然发出提示。

"'登录者一号'，那不是老查理失踪时乘坐的登陆艇吗？"我难以相信自己的耳朵，出乎意料之事又发生了。

"接进来。"理查德说。

监视墙上出现了一片杂乱的信号，黑白色的杂波，如同宇宙背景噪声。紧接着屏幕上杂乱无章的像素点开始移动，像素点渐渐构成了一张抽象图像，这是一个男人的黑白图像。这个男人面对着我们，站在一个明亮的门廊之中，光线让我们无法看清他的面孔，只能看到他身体的剪影。

"爷爷！"理查德惊叫了起来。

此刻的理查德，想来定有千钧巨石坠入他的心湖。经过这段时间的相处，我知道理查德对他爷爷的感情甚至超过了他父亲，爷爷的失踪是他心头最大的谜，永远牵动他最敏感的神经，支撑着他独自留在查比斯星系。只见理查德喃喃自语道："这是我家乡农场的老照片，清晨时爷爷整装待发，逆光里，他仿佛融化在了阳光中……他就此一去不归。"

画面里的影子开始说话了。

"理查德！我的孙子！"

"爷爷，真是您！您还活着！我找了您好多年。"理查德的眼睛湿润了。

"不，孩子，几十年前我就已经死了！我是一段记忆，一个持续存在的人类意识，我存在于它的意识场里。"影子淡淡地说。

"它……你是指第四行星吗？"理查德问。

"是的，孩子，我尽量长话短说，不久它就要发动最后的攻击了，留给我的时间不多了。"

"请讲吧，爷爷，这究竟是怎么一回事？"

"多年前，为了开展研究，我闯入了第四行星的核心地带。很不幸，我落入了圈套。出于了解人类的目的，它从一开始就想方设法杀死我。我死了，我的身体被第四行星俘获，意识成了他的傀儡，也成了它揣测人类行为的工具。另一方面，我也对等地认识了这种奇异的生命形态。理查德，第四行星是一种奇特的生命，在它的意识域里，我看到了它们隐秘的历史。它们这一族，诞生于宇宙之初，身形巨大，自称'庞古'。这一族群曾经在宇宙里辉煌一时，那是宇宙初创的时刻，宇宙尚未充分膨胀，物质能量状态极高。它们是纯能生物，拥有灵活的思维，高明的智慧，无尽的寿命，不定型的身躯与横行宇宙的速度。像我们人类一样，它们组成了极其复杂的社会形态，拥有过高度发达的文明。它们俨然以宇宙的主人自居，它们在宇宙间划分领地，梦想统治宇宙直到千秋万代。

"可是后来宇宙加速扩张，物质快速冷却，这对于它们来说无异于遭遇到致命的寒冬。难以计数的'庞古'因为不能适应宇宙的变化而死去，而幸存下来的也不得不利用科技改变自身的外部形态，将它们的纯能之躯依附于由查比斯金属制造的物质形态身体之上。它们被迫降级了，但进化之路不进则退，宇宙空间的膨胀增加了收集查比斯金属原料的难度，漫长的岁月使它们忘却了收集查比斯金属的诀窍。缺乏查比斯金属会使拥有躯壳的'庞古'无法进一步成长。它们通常蛰伏在与小行星带交会的轨道上，通过定期吞噬小行星来弥补消耗的物质，还会躲避在岩石壳里，利用放射性元素和恒星引力的潮汐来维持自己的生存。转眼间亿万年过去了，宇宙变得更大更冷了，空间的距离彻底瓦解了'庞古'的社会，寒冷耗尽了'庞古'的文明。资源枯竭和长时间的独处，改变了'庞古'的习性，迫使'庞古'撕去了残存的温情面纱。它们不再念及同族之谊，开始互相残杀！'庞古'进化了，'庞古'进化成了专门以猎杀同类为生的冷酷生物，生存的压力使极端利己主义占了上风，使它们的进化毫无悬念地走进了死胡同，文明的种族堕落为恐怖的怪物。大型'庞古'猎杀小型'庞古'以获得额外的能量，小型'庞古'成群结队突袭没有防备的大型'庞古'以获得生长所需的查比斯金属。

"你看到了吗？第四行星就是'庞古'的成年体，而它怀里的'黑怪'是幼年期的'庞古'。它们来自同一个种族，是完全相同的物种。'庞古'变得如此自私，它们拒绝繁殖，并致力于杀死同类。就像鲜血会吸引鲨鱼，任何一点点暴露在宇宙空间里的查比斯金属都会引来空间里流浪的'庞古'。宇宙中'庞古'的数量持续下降，遇到'庞古'的机会也因此下降。一旦遇到同类，只要条件允许，'庞古'之间总要把握住机会奋力搏杀一番，从而进入无解的恶性循环。为了获得优势地位，'庞古'学会了伪装自己，它们改变附近行星的成分，制造出可以遮蔽一切的查比斯尘埃层。

"第四行星就是'庞古'中的强者和智者，它所在的查比斯星系拥有使它变得强大的一切有利因素。很幸运，它早年在争夺查比斯金属的战争中获胜。它已成年，身体庞大，物质丰富的恒星环源源不断地为它补充营养，得天独厚的气体行星让它轻易生成了查比斯尘埃云，庞大而寿命悠长的主序恒星使它能量满满。它本可以一直隐藏在这个完美的安乐窝里，继续它无尽的一生。但第四行星依然渴望变得更加强大，同时对自己的实力也颇为自负。100年前，公司对M246恒星系的那次搜救行动，释放了大量电磁波，因此引起了它的注意。第四行星很快意识到我们人类的力量与发展水平处于它可以与之周旋利用的层次上，它飞快孕育了一个计划，它邪恶的智慧在此表现得淋漓尽致。它发出引诱信号，吸引我们，然后再释放微量的查比斯金属让我们上钩。

"我们真的很快就上钩了，我们以为找到了宇宙中最结实最耐用的新材料，找到了人类发展的捷径。人类飞船开始载着微量的查比斯金属在宇宙中出没，其源头来自查比斯星系，一个被隐身云团笼罩的'庞古'巢穴。周遭空间中的其他'庞古'根据暴露在空间中的查比斯金属的独有特征，认为那是一只弱小或者死亡的'庞古'。于是觅食者们就会顺着踪迹，纷至沓来，投入第四行星为它们设下的陷阱中。而第四行星则守株待兔，准备吞噬一切敢于来犯的敌人，然后变得更强大！

　　"在这个过程中，第四行星一直在巧妙地利用我们。它不但布下陷阱吞噬了我的意识，还破解了'登录者一号'上的所有信息，进而能无声无息地侵入矿船的主机。这么多年来，它一直在监视着你。理查德，你知道吗，我的意识也一直通过侵入矿船的'幽灵程序'观察着你。你不愧是我的好孙子，你拥有作为一名科学家的优秀品质，你发现了它的踪迹，从地质检测中窥见了它的规律，因此它也快要对你下手了。当你的新同事到来后，它动手的冲动更加强烈。对它来说，你的同事远比你要危险得多。我多么想提醒你，但我无能为力，我只是一个工具，是没有操控力的傀儡。

　　"现在它的构想终于开花结果了，三只不知天高地厚的小型'庞古'寻迹而来，自投罗网，当它们发现对方是一只严阵以待的成年'庞古'时，逃跑已经来不及了。人类的预警系统让第四行星把握住了最佳出击时机，虽然那只幸存的小型'庞古'还在负隅顽抗，甚至打破了第四行星对矿船的控制，使我暂时获得了解放与操控'登录者一号'的能力，但第四行星很快就会结束战斗的。"

"我们现在该怎么办，怎样才能把你救出来？"理查德焦急地问。

"忘了我吧，孩子！你们快跑吧，不要等它缓过劲来。去警告人类，放弃查比斯金属，广袤的宇宙里还有其他'庞古'活着！第四行星的阴谋把人类置于危险之中，查比斯金属是危险的诱饵。人类只是一个年轻而弱小的种族，暂时还无法与它们抗衡，它们会轻易摧毁人类！"影子回答道。

影子的话音未落，主机的声音就响了起来："确定信号源'登录者一号'位置。"

随即，监视墙上显示出了一幅巨大的画面，画面里有一艘登陆艇像蚊子一样粘在第四行星的躯干上，不远处就是黑色怪物伸出的巨喙。

"我要下去看看！"理查德自言自语。

"不！孩子！千万不要！"影子叫道。

监视屏里的第四行星好像动了，随即影子也跟着晃了一下。"它恢复得很快，它要行动了……我要走了，孩子记住我的话，千万不要来找我，再见……"影子说。

影子消失了，屏幕上又布满了由宇宙背景噪声呈现的黑白雪花。

"我要下去看看，直觉告诉我，爷爷还在飞船里！"理查德说。

"你疯了吗，你没听他说'庞古'之间的战斗很快就要结束了，它又会转而对付我们？太危险了！万一这又是一个圈套怎么办？"我强烈反对。

"刚才机器人眼看就要得手了，它不用画蛇添足来上这么一出戏，现在它肯定已经力不从心。多年来，我一直梦想揭开爷爷失踪的谜团，如今他重现人间，我不能错过这个机会，否则我一定会后悔的，矿船拜托给你了！"

理查德推开我阻拦他的手，命令主机打开控制室舱门，舱门口东倒西歪躺着一地瘫痪的机器人。理查德厌恶地看了一眼，越过它们向矿船码头跑去，我拦也拦不住。码头上还有一艘燃料充沛、状态良好的登陆飞船。

随着一声轻响，通过舷窗我看到登陆飞船被弹射出来，发动机启动，喷出两束明亮的推进火焰，冲入迷雾之中。

我命令主机盯住理查德的登陆飞船，我们如今所在的轨道很高，第四行星的外形发生了不规则变化，磁暴间隔毫无规律，而要到达目的地需要时间。我不看好理查德的冒险行为，但此时我只能求老天保佑了。

时间不知过了多久，我甚至觉得时间凝固了，但愿第四行星和"黑怪"一直处于僵持状态。

理查德的登陆飞船在监视墙上越来越小，时隐时现，真希望他能平安归来。

第十五章

"不明程序试图强行运行，刚刚被我阻止！"主机惊叫了起来。

我心头一惊，那一瞬间我觉得有一个可怕的东西突然转过头来恶狠狠地瞪了我一眼，然后又把目光投到别处。

我知道是它。

紧接着，舷窗外处于僵持中的两只怪兽都动了起来。第四行星用八只鞭足把"黑怪"高高举起，"黑怪"的长喙被硬生生地抽了出来。"黑怪"似乎觉到了末日的来临，疯狂地挣扎着，矿船也跟着猛烈地摇晃了起来，两只怪兽再也无法控制外溢的磁场。漫天弥散的黑色迷雾仿佛气球一样膨胀起来，黑雾中好像充斥着数不尽的岩浆和陨石，它们铺天盖地地向矿船砸了过来。

随即，主机报告："丢失登陆飞船目标。"

理查德的登陆飞船肯定完了。

紧接着，我的矿船也完了。

被磁场加速的岩浆和陨石毫不客气地击穿了矿船，如同高速飞行的子弹击穿纸片，偌大的矿船在碰撞声中变成千疮百孔的筛子。舱内到处是飞溅的陨石碎屑和损毁的飞船残片，外泄的高压气体和液体推动着矿船做着毫无规则的运动，如同一匹无法驯服的发疯野马。

矿船在碰撞中挣脱了第四行星的引力，汇入恒星环，成为围绕查比斯恒星运行的一颗小行星。

那一刻，我还没有死，我不知道这究竟是幸运，还是不幸。

我倒在血泊里，浑身是伤。失压状态下，血液正寻求最快路径离开我的身体。混乱的船舱里，在无尽的杂物中，我看见我的一条小腿正牢牢地贴在天花板上，鲜血正从断面流出来，一边冒着气泡，一边顺着沟槽流淌。

在这一边的地板上，我的血同样从断腿里流出来，不久这两股血迹将在墙壁上相遇。

我的血要流干了，我要死了……临终一刻，我终于什么都不怕了，我变得淡定下来。

我饶有兴致地扫了一眼监视墙，那是主机接收到的最后一帧画面。

"黑怪"无奈地接受了被吞噬的命运，它和第四行星紧贴在一起，小半个身子已经陷入对方的体内，炙热的熔岩从边缘缝隙溢出，火的颜色，致命的光芒，消化过程悄然开始。

那一刻，我在熔岩里看到了登陆飞船的身影，两艘，一定是我眼花了。

不久，在我渐渐变灰的视野里，我看见一台机器人顽强地向我爬过来，但此刻我已经不关心这台机器人的真实身份了。短短一天多的时间里，查比斯星系发生了天翻地覆的变化，它是谁我都不会吃惊。

夜幕开始降临，离家千万光年航程，如今一朝归去，愿我的灵魂安息。

巨震传来，矿船开始爆炸、解体……

第十六章

不知过了多久，我睁开眼睛，看见明亮洁白的天花板。

我躺在一张床上，身边各种仪器通过管子连接在我身上，仪器发出的声音微弱但很悦耳，我感觉到从未有过的安宁。

原来天堂里也需要疗伤啊！

"你醒了。"一个甜美的女声传来。

一张戴着白色护士帽的美丽面孔占据了我的视野，大眼睛注视着我。

"船长！他醒了！"

咚！咚！咚！脚步声响起，另外一个男人的面孔挤走了天使的脸。

"老兄，你终于醒了。"

这家伙我好像认识……想起来了，他是"光辉号"的船长。他怎么有点儿显老，难道我来天堂时迷了路，让这家伙捷足先登了？

"你怎么在这里？这是什么地方？"我问道。

"老兄，恭喜你得救了。"

"我没死？"我稍稍转动一下头，认出来了：这应该是一艘医疗救护飞船的内部，装修的样式很新颖。

"算你命大，伤得那么重还没死。矿船爆炸的时候一定是主机让机器人把你放进了冬眠舱，冷冻了起来。"

"理查德在哪里？"

"他可没有你幸运，我们没能找到他，估计是在矿船爆炸时粉身碎骨了，连点儿渣滓都没剩下。"

听他这么说，我真为理查德难过。

"我睡了多久？"我问。

"20年。"

"这么久……"我沉默了一下，"怎么现在才来找我？"

"唉，我来来回回找了你们七八趟了，这可是最后一次搜救了。大家历经千辛万苦才把你从石头堆里扒拉出来。说真的，我真没想到还能见到你。"

"查比斯星系现在怎么样了？"

"整个星系还没有从大爆炸的余波中恢复过来，我们留在那里的基础设施，包括侦测卫星，都毁了，有用的资料一点儿都没剩下。"

"是吗？"

"还有一件事，肯定能吓死你。"

"什么？"

"第四行星失踪了。"

"怎么会？！"

"不仅如此，现在查比斯星系外围的尘埃层也基本消失殆尽，如今那里可是大变样啊……谢天谢地，你醒了，我们可是有一大堆问题，要问你这个事件的亲历者。"

听到这里，我不禁愣住了，难道第四行星躲起来了？但这消息让我稍感放心。在现有情况下，如果我跟集团讲第四行星是一种名叫"庞古"的八爪章鱼，他们一定会觉得我疯了。

紧接着，船长不知从哪里抽出来一张薄薄的显示屏，那是一种能准确还原亿万种色彩的专业成像设备，但是上面显示的却是一幅黑白图像。

船长把它在我眼前晃了晃，说："第一次搜救的路上，我们接收到了这幅图像，画面变形很严重，根本无法分辨，原本好像还有音频信息，但也恢复不出来，是你们发的吗？究竟是什么意思？"

我一看到这幅图像，顾不得断腿和满身的管子带来的剧痛，惊得坐了起来。

我抓过显示屏。显示屏上的黑白图像，看上去非常眼熟。我认出来了，这就是理查德爷爷与我们进行通信时显示的那幅图，只不过变形严重。长方形的灰白色块，应该是明亮长廊的变形，让人吃惊的是灰白色块里有两个分离的黑色阴影！

我目瞪口呆地盯着黑色阴影，阴影在我的头脑中开始变化，这是两个男人的侧影，他们相向而立，互相凝望。

"这到底是什么？"看着我的表情，船长兴奋地问。

"不知道……"我缓缓地摇着头，我还没有打定主意是否要告诉他真相。

船长明显很失望。

"对了，你怎么不指挥'光辉号'了？"我不愿他不高兴，岔开了话题。

"在最初几次救援行动中，我收获很小，上头对我很不满意。虽然查比斯星系环境已经发生巨变，但我来的次数最多，比较熟悉，调查事件原因和寻找你们下落的任务还得由我来执行。而'光辉号'被调去执行别的重要任务去了。"

"经过这次灾难，集团恐怕要一蹶不振了。"我慢慢躺下。

"确实，查比斯星系灾难的消息传来，集团的股票在银河联邦证券交易市场上跌得很惨，好在还有别的产业支撑才渡过了难关。不过现在好了，集团的市值又上来了，我也大赚了一笔。"船长的脸上浮现着笑容。

"难道发现了比查比斯金属更有利润的矿藏？"我无精打采地问。

"没有。"

"那我就不明白了……"

"就在两年前，联邦的探测器发现了多个飞往地球和其他大型人类聚居地的小行星。这些小行星都是一夜之间冒出来的，起初人们认为这是个威胁。但后来，元素光谱显示这些小行星都蕴藏着大量的查比斯金属！随后，联邦宣布这些小行星是整个人类的财富。我们矿业集团凭着和政府的关系，加入了第一批被授权开采的企业。嘿嘿，集团的股票因此暴涨。我听说，'光辉号'现在就在截击、开采这些小行星的路上……"船长喜滋滋地说。

听到这里，我差点儿摔下床去！在我的脑海里，浮现出一幅可怕的画面——一只只浑身漆黑、刀枪不入的怪物，正张牙舞爪地扑向地球和居住着其他人类的太空城市！

我使劲抓住船长的手，大喊："快，给我接通集团！不，接通联邦政府！

2004 笔会纪事 / 赵海虹

灵魂深处，邂逅另外的自己

　　穿过康定的那条河非常清澈，河水湍急，仿佛在城市的任何一个角落都能听到流水的奔涌之声。

　　康定是一座小城，据导游说，大部分旧城毁于几年前的一场洪水，现在的康定城几乎都是那之后重建的。群山环抱的小城被这条十几米宽的河纵向分成两半，河水恣意、纵情地高唱。水总让人联想到柔美的女性，而康定的河，是男性化的，蕴藏着曾经摧毁一座城市的狂野力量。

　　那是一个闲适的夜晚，《科幻世界》笔会附加旅游的第三天。下午，我们刚刚去了38千米外的木格措领略野人海的风貌，一帮同行的姐姐妹妹穿着藏装热闹地拍照。回来时天色已晚，晚饭后的自由活动才是我之所好。城市太小，就一条沿河的主干道，很快就走到了头。环顾四周重重山影，倾听一路隆隆的水声，这高原小城的夜晚有一种独特的力量，带给我心灵的宁静。

　　快到宾馆的时候，看见大刘、姚夫子和小罗在路边小店挑旅游商品。没说几句，大家就争着做东，找地方吃东西，最后大刘以得奖为由坚持要请客。那一顿烧烤吃罢，小罗告退，剩下的就都是"老人儿"了。大家抚今追昔，怀念起历年笔会时出现过的面孔：有的是一闪而过的星，有的是共同在科幻圈努力的老友，偏偏今年的老面孔少而又少，让我们这些人感叹不已；也说自己和对方的小说，种种实现的、未能实现的想法。不大沾酒的我不知不觉间被劝下一杯又一杯的冰镇啤酒，脸也烧得红扑扑的，在酒精的催发之下，放出了许多豪言壮语。

快 11 点时，我们退席，刚走出小店，我忽然晕眩起来，从远处黑沉沉的山影里仿佛透出一阵怪风，吹得我天旋地转。

好不容易站稳脚跟，身子也不再摇摆，我回头寻大刘和姚夫子，两人居然都已不见了，店里只见靠门边的一对食客，好像与片刻前不同，而本应在收拾桌席的老板袖着手坐在柜台后，我们刚刚饕餮一顿的乱席已被收拾干净。

我定了定神，认为自己一定是酒劲儿上来了，又冲进前方的夜幕里费劲地寻找同伴。

河岸边的小店还有三成依然在营业，灯火映照的街道上全然看不见他们的身影。

"走得真快。"我嘀咕一声。

夜色中浮现出乌黑的山影、沉郁的河流，明亮的星星在夜空中列出无法辨识的阵势。

回房时，又遇到一个意外。给我开门的居然是张卓。

"你回来啦，"她说，"后来又去哪儿玩了？"

"你什么时候换来的？"我问。

"是你要换的呀，说方便照顾我。"张卓路上水土不服生了病，下午都没有去木格措。但她一路都和杂志社的编辑同屋，我一直和秦姐一间。

我忽然觉得古怪，离店时的那种怪异感觉又回来了。我觉得全身发虚，心里特别没着落，但要因此和张卓核对事实，又仿佛有些小题大做。

我试探着说："晚上去哪儿了？我和大刘他们吃烧烤去了，还有姚夫子和小罗。"

"你什么记性啊！"张卓狐疑地横了一眼，"我不是和你们一块儿吃的吗？小罗没去。我把他想买的藏刀全买完了，他满街找藏刀去了，根本没和我们一块儿吃。"

我心里"咯噔"一下，赶紧扑到镜子面前：脸上还泛着异样的潮红，酒劲儿还没有下去。我望着镜子里的自己，张卓穿着我几天前见过的那件大T恤正在我身后梳头，用的是一把黑色宽边牛角梳——我曾经怀疑这把梳子是硬塑料的。

这应该就是原来的那个世界，难道是我的记忆力出了问题？

"我有点儿累就提前回来了，你们刚完啊？"张卓继续说。

"是。"我迟疑地点点头，胃里有什么在搅动，"你现在感觉怎么样？下午休息一下还是有效果吧？"

"你还没老，怎么就得上老年病了？"张卓把脸凑到我跟前，瞪圆眼睛盯着我看。她很仁慈，没有直接说我老年痴呆，"我下午不是和你们一块儿去的吗？我们五个人还一起穿藏装玩COSPLAY呢！"

我可以清楚地看到张卓那双熟悉的、带点儿懵懂的眼睛，和她面颊上几粒可爱的浅褐色小雀斑。我百分百肯定这个人确实是张卓，但我也百分百地肯定她下午没去。不过我没敢说，那种"有什么不对劲儿"的感觉愈加强烈。当然，下午她有没有去是很容易证明的，我的相机里有"四女"的藏装合影，倘若如她所说，那么我拍下的就应该是"五女同戏"。

我面对着熟悉的面孔和熟悉的房间，一股寒意却从脚底升起。含糊地支吾几句后，我洗漱上床，临睡前习惯翻几页书，但我从包里掏出来的不是这次带出来的《小说月报》，而是杂志社新出的《计算中的上帝》。我怎么也想不起来什么时候弄来了这本书。好在阅读的过程相当愉快。我喜欢看聪明人写的书，同时我发现自己片刻前的惊惶是那么可笑。

不就是张卓逗我，开了几个玩笑嘛，我怎么可以幻想自己到了另一重时空——是的，我知道自己暗地里是这么揣测的。我忘了自己只是个写科幻的。或者应该怪酒精，也许我还未完全清醒。

我翻转过身看张卓那边，她好像已经睡着了。

"卓儿。"我笑着叫她。

"嗳!"她将双臂伸出被子，手掌在被沿儿上扑打了一下。

"我们约个暗号。"

"什么?"

"梳子。记住，暗号是梳子。"我瞪着浅褐黄色的天花板，心里有一种自嘲的恶意。真的，我是在讽刺那个曾经害怕过的自己。

"你真喝高了。"张卓很认真地点点头。

没多会儿我就睡着了。梦里云山雾罩，身体浮在波浪上，又像是趴在一台发动的马达上面，震得我有点儿恶心。这个梦似乎特别长，我一直带着微弱的意识期望闹钟把我叫醒，但我却是被推醒的。大客车上和我隔了一条过道的女孩拍着我的左肩道:"泸定桥到了，还睡!"

我猛睁开眼，天光让我不习惯地又闭上眼。我应该是在昏暗的客房里的，难道是我做梦做得魇住了?

但是，日光的热度、带着汽油味的空气是真实的。我疑惑地重新睁开眼:乘客正在下车，我坐在第一排靠门边过道的右手边的位子，这位子是没错的，问题是上上下下的人里，没有一个是我认得的!

我脑子里嗡的震了一下，顿时瘫软下来:我跟错团了!

想想，再想想。

我按了一下腰间，硬硬的包还在，有钱有证件，就算跟错团也出不了什么大事，不过要马上通知杂志社的人才好，免得他们担心。

可是我怎么会跟错团呢？我坐第一排，导游不可能没有确认过我这个位置。我也完全不记得何时早饭、何时上车了。难道是间歇性失忆？太夸张了。相比之下，走错时空的解释似乎还正常一点儿。

我迟疑地下了车，打量车子的外观——也是黄色的旅游大客车，但和原来那辆不太一样。我不敢走远，只是努力在人群中寻找熟悉的面孔，却总是徒劳。泸定桥入口离车子不到 30 米，我左顾右盼地走近时，守在桥口那个挂着导游证的圆脸黑皮肤女孩塞给我一张门票。"10 点半上车啊，10 点半！"她对我嚷。

这应该就是我"现在"的导游。我尝试着和她搭话，问道："什么时候能回成都？"

"下午 5 点左右吧！"她显然因为劳累而不耐烦，"你今天都问三遍了。"

我被吓得不敢吱声，觉得像误入沼泽的旅人，每一步试探都可能陷得更深，坠入不可知的虚无。

我几乎是被导游赶着走上了摇摇晃晃的泸定桥，梦游似的躲过桥心站着拍照的旅人，朝对岸摸索过去。这时，一个挂着一次成相机的老倌儿突然出现，拦路兜揽生意："小姐，拍照吗？一分钟成相，三分钟可取，十元钱。"

他在我眼中的形象有点儿虚，其实我看谁都觉得对不准焦距，应该是心理问题。

"好吧，拍一张。"我听见自己说。

老倌儿身手矫捷地蹦到桥尾，让站在桥心的我摆个姿势。我左手抓住充当栏杆的铁索，咧嘴露出比死还难看的奇怪笑容——当然，这是照片显影后我才见识到的。

我早早回到了大客车上，拿出手机找电话簿，里面却没有随同旅游的任何一个编辑的手机号码。只能给成都的杂志社打电话了。接电话的居然是姚夫子。我瞬间失语。整个笔会人马组成的旅行团应该还在泸定桥前后的路上，离成都还有六七个钟头的车程。

"你什么时候回成都啊？"

我回过神来时听到姚夫子在问。

"我……今天傍晚吧！一路没什么熟人挺没意思的。"后句是我临时想出来的试探。

"之前去九寨沟回来大家都累得够呛，也就你还有精力继续玩。对了，潘海天他们去西藏了。"

我支吾了几句挂了机。

九寨沟？

杂志社举行的笔会旅行去了九寨沟？我去完了又一个人来康定？而且还是用我一贯厌弃的跟团方式？

我翻了翻泸定桥的过桥票，明信片式的票后印着当日的戳：20040801。

时间是对的。

我默默看着到时间后一个个上车的旅客，每一张面孔都是陌生的。最后，那个圆脸的黑姑娘上了车，坐在梯级上，司机——一个长得有三分像赵本山的师傅，发动了引擎。

车到成都，导游的任务就结束了。我随便找了个旅馆，搁下东西就直冲卫生间，一身的冷汗，肠胃里直搅和，吐得昏天黑地。勉强冲了个澡后，我也懒得吃东西，一直趴在床上想东想西。

感觉稍稍好些后，我给张卓家打了个电话。她到现在还不肯使手机，也不知她到家了没有，只能姑且一试。不料居然是她本人接的电话，张口就问我旅行如何。我说："累吐了，我连日子都记不清了。笔会是几号开始的呀？"

"20 号呀！"电话那头说，"连开会带玩，26 号结束，你歇一天后居然又去海螺沟、康定了，真够有劲儿的，还是不行了吧？"

可笔会明明是 27 日才开始的，我见过邀请函。我又问："笔会是去的九寨沟？"

"你怎么了你？老年痴呆？"

"记不记得那天我说的暗号？"

"哪天啊？我说，你病了就别说话了。吐过了好好睡一觉，省得说什么错什么。”

我无力地搁下电话，脑子是木的。我想我要好好面对这次特殊情况了。

假设我一直熟悉的世界是 A，张卓换房的世界也许就是 B（B 与 A 的区别还是不确定的），而眼下所在的世界却是 C，我离自己熟知的那个“时空”似乎越来越远了。这种正在远离的恐惧催促我立刻打了下一个电话。

我拨了大刘的手机，然后惶恐地等待。

应声的人是大刘，我松了口气，至少这个号码还是正确的。

大刘正在北京，他说开完笔会就去北京办事，还要过几天才回山西。

虽然不好意思耗费他的漫游费，我还是厚着脸皮和他展开了一个科幻设计的讨论。

讨论的主题是：人是否可能由于某种奇妙的频率波动，进入不同的平行宇宙。

“很多科幻小说中，在 A 时空的主人公，我叫他张一，进入 B、C、D 等不同时空时也会分别遇见张二、张三、张四……他和自己的变体是共存的。不过我认为，不管进入了哪一个平行时空，只有一个张，如果那是张一，就不会存在张 N。”

“你继续说。”大刘说。

“不过，很多故事里的张一进入平行时空是希望改变 A 中的自己，结果却无谓地进入了 B、C、D，他永远无法改变张一。当然，也有例外的情况，但不是平行宇宙层面的，在《谋杀了穆罕默德的人》中，张一不断求变的结果是颠覆了自己存在的基础。有没有这样的情况：张一完全不自觉地、没有任何原因地就进入了 B、C、D 等平行时空，而且每当进入，他就顺势成了张二、张三、张四，但同时还保留着张一的意识？"

"这里的 B、C、D 之间有关联吗？"

"也许，它们和 A 的现实距离越来越远。"

"那也许只是一次波动。"

"波动？"

"任何生命都是一种波粒二象性的存在。这里我们只谈波。张一存在的波偶然发生单向峰值的波动。比如从 0 升到 100，假设 100 是峰顶，而每变化 10 个单位值就会进入另一个平行宇宙；但是，如果把它当成坐标值的一次波动，那么它很快会恢复正常值。张一也就会回到 A 时空。"

"但为什么只有张一的意识存在？张二、张三到哪里去了？"

"被张一暂时占频了吧。但我认为他们其实是同时存在的。也许，张一会发现自己拥有张二的身体，只是意识在频率混乱的情况下抢占了片刻的地盘。"

"什么原因可能造成这样的状况？"

大刘沉默片刻后道："这就要看你小说的需要了。不过，没必要纠缠具体技术，你完全可以有自己的写法。"

我冒着被当成神经病的危险战战兢兢地说了一句："其实我觉得自己就是频率波动的赵一，已经进入了空间 C，而且可能还会继续远离。"

电话那边显然迟疑了。

"在康定一起吃烧烤的，除了你、我、姚夫子、小罗，有张卓吗？"我是豁出去了。

大刘很平静地回答："我没有去过康定。"

我害怕夜晚，别提有多怕。我怕醒来发现又是另一个世界。我怕在那个世界里，"我"的生活逐渐超出自己的掌控能力。

我怀疑梦也是一种频率变化的结果，也许所有的梦境都是源于睡眠中自身频率的不稳定——被其他平行的时空接收，进入了另一个自己。

但夜幕还是温柔地降了下来，月亮圆得太规整，我查了查日历，发现今天是阴历十六，十五的月亮十六圆，那么，在康定的夜晚就是阴历十五了，不知这和发生在我身上的波动有没有关系，可我那夜并没有看到月亮。

我努力回想整个的变化过程，意外发现以前的我——这里应该叫"赵一"，反而变得越来越不确定。那个我是真正存在过的吗？还是那只是我的一次波动，而现在的时空才是我的原乡？

眼帘越来越沉重，我听到自己熟睡的呼吸——这不是语病，也不是逻辑错误。我真的听到自己熟睡后均匀的、平静的呼吸。然后，我完全失去了意识。

我依然是在波动中醒来的。仿佛我不是熟睡了一夜，而只是眼皮子打架，打了几秒钟的盹儿。而且我是在小三轮上，这种价格低廉的交通工具是成都的一大特色，短途选用比较划算。望着蹬车师傅穿着红色汗衫的后背，我好久没回过神，也不知道该说什么。直到他在一栋熟悉的院子前停下车，转过头用四川话对我说"科协到了"，我这才恍然大悟地交给他 10 元钱——不知事先说好的是多少，但肯定是够了。师傅找了我 5 元钱，我梦游般地说声"谢谢"，一仰头，看到了大楼顶端写着"科幻世界"四个字的大牌子，牌子很朴素，并没有如 A 时空里那样安上霓虹灯。

我走进一楼大厅，电梯边的介绍栏灰扑扑的，我在上面看到了"10 楼，科幻世界"。

我心里咯噔了一下，A 时空的《科幻世界》杂志社在新楼的 6 楼。

我坐电梯上了 10 楼，带着做贼心虚的感觉往里走。我还记得 6 年前的科幻世界杂志社，但依稀有些不同。我不知道自己到底是进入了 D 时空，还是时光倒转，回到了 6 年前。

我一路走过了挂着"社长室""总编室""邮购部"门牌的房间，房间的门都关得紧紧的，走到"编辑室"前才看到一扇虚掩的门。

我在门边礼貌地叩了两下，不，这不是 6 年前的杂志社，如果我没有记错的话，那时编辑部的门是双面的木门，而不是这种单面的红色铁门。

房间里有人用带川音的普通话应了一句："请进。"

我推开门，陷入一个完全陌生的环境，埋首工作的编辑们对我置之不理，只有那个应门的编辑转身问我："找哪个？"

我不认识他。我不认识这屋里的任何一个人。

我觉得嘴唇发干，报了自己的名字。他没有反应。另一个编辑的脑袋从最远一排桌上垒得高高的书和杂志上冒了起来："你就是刚才打电话要买书的那个吧？去邮购部。"

我一边嘴里不停地说着"打扰了"，一边退出房间。这一刻，我不知如何是好，仿佛因为杂志社的改头换面，我和原来世界的联系也彻底断了线索。

我不知道我进邮购部还有什么意义，但是我实在想不出后面该做什么。我甚至不知道自己住在哪里——昨晚入住的宾馆很可能也属于"上一个波段"。

于是，我敲响了邮购部的门，一个中年男子拉开门："有事吗？"

"我……"无奈之下，我只能报上了自己的名字。

"哦，我刚查过邮单的。已经给你发出去了呀！"

我松了口气，仿佛又抓到了另一根线，虽然是那么纤细的一条线索，"我……我还想再买几本别的，请你们用原来的地址给我发出去就可以了。"

果然，在他的电脑里存了发货的地址记录。他打了一张出来，我把随便挑的四本书递给他，看着他打包。同时，我拿起桌上的一支圆珠笔，在手心里记下了那个地址：浙江省杭州市福心路285号302室。

我的记忆中，杭州并没有这样一条路。

付钱后，我离开了杂志社和多少有几分原来面貌的科协大楼，在人民南路上漫无目的地晃悠。这似乎就是我熟悉的人民南路，但是气息、感觉却不尽相同。

与本原世界越来越远的感觉让我措手不及。所幸有过之前几次渐进的铺垫，我还能保持基本正常的精神状态。

成都的天空总是灰蒙蒙的，云层遮蔽了天空，即使在晚上，也很难看见清晰的星群。也许这个世界里的星星，和别的世界是一样的吧？我像一个白痴那样坐在花坛边的水泥板上瞪着天空，等待黑夜的降临。其实，我根本不熟悉星星的位置，我的天文学知识完全不具备实践能力。

就在这个时候，我挂在腰间的小包忽然震动起来。

"在我意想不到的时候，你居然就在那里……"一个女声唱着，伴着叮叮咚咚的和弦。

我忽然意识到这是手机来电。

我急忙去掏那个包，从来没有觉得自己的手脚这么笨拙，终于掏出这个跳动的小东西。可我又迟疑了，它不是我的西门子，也不是我知道的任何牌子，我不确定应该如何接听。

那个女声依然唱着我从来没有听过的歌曲："我等待了那么久，你来的时候我却已经放弃……"

管他呢，手机反正都差不多。我按下屏幕上的C键，希望那个符号代表话筒。

和弦停了。女声安静了。然后又一个声音，细细地从手机一端传来："喂——"

我战战兢兢地凑上去听。

"听得到吗？"

"听到了。"我心虚地回答。

"什么时候回来？"

"啊？"

"你不是说昨天订了票吗？告诉我航班号，好去接你。"

一个男声。陌生的男声。

我灵光一闪，立刻在包中翻找，果然找出了一张机票。2004年8月3日上午9点30分起飞，CU3850，成都到杭州。我在电话里报了一遍。

那边笑了，"明天我调休吧！你想想要怎么庆祝？"

我就像个临时顶替的B角，在舞台上忘了词："庆祝什么？"

"你当我忘了？3周年嘛！锡婚，还是陶瓷婚？我是搞不清那些的。反正我已经准备好节目了。"

我干笑两声挂了电话,这才真正地傻了眼。大刘说波动也许是暂时的,很快就会复原。如果真是这样,我希望现在就复原。现在!我对着翻得一团糟的挎包许愿:让我立刻回去吧,实在不行的话,一切在明天中午之前结束也行啊!

我抓住这只新鲜的手机,努力寻找电话簿,但是里面没有一个熟悉的名字。有一个"家"的号码,但我怕会是那个陌生的男人接听而不敢尝试。

我拨了一个A世界中杭州家里的电话。

无尽的长音,之后"咔"的一声,一个很粗鲁的声音在电话那头应声:"喂?"

"喂。"我畏缩了,已经料到这个电话也失效了。

"找谁?"那头儿的声音是凶横的。

我忽然来了气,因为这一段无端的颠沛,我用同样凶横的口气说:"找我妈!"

"打错了!"电话被重重地挂断了。

包里有一张薛涛宾馆的房卡,我不明白赵四——这个空间原来的住客,为什么要住得那么远。还有一个红色的皮夹,塞了十张纸币和各种颜色的银行卡、贵宾卡。纸币是绿色的,正面印着毛主席的全身像,反面好像是革命圣地延安,都印着阿拉伯数字100和"壹佰圆"字样。

皮夹里还有一张两人合照。一对年轻男女刻意摆出肉麻的姿势。这两个人我谁都不认识。

然后还有一盒两用粉饼，一支迪奥的口红。

我打开粉盒，镜面因为沾了粉而不太清晰，但还是可以看到一双陌生的眼睛从镜子里望着我。我被吓得"哇"地大叫了一声，几乎把带镜子的粉盒摔在地上。

镇定，镇定。我对自己说。

我把镜子重新举到面前，镜子里还是那双陌生的眼睛。

等等，好像见过。我拿起皮夹，和镜子并排举着。

是的，镜子里照出来的，正是照片上那个女人的脸。

见鬼，我也许真的是和一个赵四撞在一起了。她的身体，我的意识。或者她的意识也是存在的，我们正在抢占同一个波段。

"我不干了！"我仰起头，这个城市天空的云层之后好像有张嗤笑的脸正在取笑我的慌乱，"我真的不干了！"

下一次的波动发生在飞机下落时分。一个柔美的声音提醒我，"飞机正在下降，请收起小桌板"。我这才发现自己刚才又睡过去了，手表显示时间是 11 点 30 分，还有 20 多分钟就要到杭州机场了。

窗外白茫茫一片，没什么值得看的风景。而我，软弱地遵从了赵四的生活轨迹，终于还是在昨晚回到了薛涛宾馆，并且一早出发赶飞机。我并不是没有想过愤然反抗——留在成都不走，或是换一班飞机回杭州，让那些我不认识的人再也找不到我。但是钱包里只有一千元钱，卡再多不知道密码也白搭。当然，还有最重要的一点，我想我和赵四共处的时间也许非常短暂，如果同前几次一样，可能还到不了一天。

现在，我已经杯弓蛇影到了每次瞌睡醒来都会立刻查证是否进入了另一重世界。我按了按腰部，没有那个包。我急了，先搜了搜座椅后的袋子，除了卫生袋还找出一本南方航空的杂志。咦，不是川航的航班吗？终于从 T 恤衫的胸袋里掏出一个皮夹，蓝色的，夹层里只有薄薄两张纸币，一面印着一个不认识的头像，另一面是长江三峡，标明面值是"壹仟元"。"哈！"我情不自禁地叫出声来，左边座上的一对老夫妇白了我一眼。我记得上机时，邻座是一对小夫妻呢！

虽然又换了个世界，但打了个盹儿的工夫就多了一千元钱总归是好事。我觉得这个世界，按顺序应该是 E，一开始就给我带来了好运。反正一切都不由自主，那就只能等待尽快复原，同时把当下的经历当成一次小小的冒险，或者，看成大学时在英语剧社里演出的短剧好了——我在心里对自己这样说，但仍然觉得七上八下，握皮夹的手掌心汗津津的。

两张银行卡，三张名片，一张照片。

名片居然是同一个人的："章之延，中国美术学院国画系，家庭地址：杭州市南山路 540 号 302 室。"A 世界里的南山路没有那么大的号数。但为什么会有三张？一般推测，只可能是本人的名片，出门时带了几张备用的。难道赵五连名字都换了？当然，事实上不能叫她赵五，她只是 E 世界里正好和我同频的人。

还有那张照片，那张吓了我一下激灵的照片。

一个小小的女孩儿坐在画面正中，粉蓝色的婴儿裙，贴耳根的短发，黑圆的眼睛瞪得很大，照片上缘印着：章咪一周岁。

在这个世界等着我的，也许是婴儿的纸尿片。

皮夹从我汗津津的手掌里滑落，我弯腰去捡时，前额撞到了左边的扶手。"啊呀！"我一边揉着额头，一边把皮夹放进衣袋，我觉得自己有一种脱力的感觉，再也无法应付这一波又一波的新生活了。

从飞机临降落前的一段广播中我得知，这是从云南昆明过来的南航班机，降落时间是中午 12 点 05 分。我最后一个下机，因为没有别的方式从行李柜中找出"我"的包——所有附近乘客都拿完后，剩下的才是我的。

机票上没有额外的贴纸，应该没有托运的行李。我木然地跟随人流向出口走去，全然忘了可能会有接站的人。走路的感觉有点儿异样，也许是我不习惯脚上的高跟鞋。

"之延！之延！"一个男人匆忙地挤到了我的身边，"幸好没晚。一路还好吧？"

我看着他的眼神一定很奇怪。我没有见过他，他甚至不是赵四的皮夹里那张肉麻合照中的男人，声音也不合。

他比我高一头，特瘦，眉眼有些过分突出，并不是我喜欢的类型。

我下意识和他比个子的时候忽然发现，赵五，或者是章之延，个子是很矮的——大概不到 1.6 米，那这个男人其实也并不算高了。

刚才的异样感觉就是因为身高陡然矮了一截，走路、看周围的环境就都不大一样了。

我做了几次深呼吸，像初上战场前的女兵。但我说不出话，一句都说不出，只是一言不发地跟着他走，实在需要发表意见的时候才"唔唔"两声。

我跟他上了一辆吉普，途中他非常安静，说过一句"阿咪特别想你"之后再无他话。这种安静让我觉得不正常，只好时不时瞥他一眼，以确认他没有睡着。50 分钟后，车停在了南山路口一个古怪的弄堂外，只见一块小牌子上写着："纤花巷，南山路 520 号—546 号"。

"那我就不上去了。"男人说。

我狐疑地推开车门，走到巷口向里张望，而男人的车居然在这片刻间就开走了。

我东张西望地找到 540 号，有路过的小姑娘和我打招呼："章阿姨回来啦！"

我局促地笑笑，然后就看到 540 号楼——非常古色古香的五层小楼，楼道有点儿窄，采光也不太好。上到 302 室，看见一扇青漆的木门，正中嵌着一串深红的珠子，其中一粒嵌着门铃。

我四下里看看，忽然有一种想要从那里逃跑的冲动，终于叹口气，又做个深呼吸，按响了门铃。

最上面一粒珠子突然透出一簇光来，原来下面藏着个猫眼儿。有人正从门内打量我。

门还没开，声音就先出来了，是带点儿安徽口音的年轻女声："阿姨回来啦！"

我吓了一跳。赵五怎么有这么大的侄女？

门后站着的小姑娘不到 20 岁，穿着朴素，脸上透着都市里少见的纯朴，很灵光地接过我手上的行李包。我松了口气。这是个小保姆。

"是叔叔把你送回来的？"小保姆一边放下行李，一边去冰箱里拿了一瓶冰水给我。

我估计她是指刚才来接机的男人，便随口"嗯"了一声。

"阿姨，其实叔叔对你那么好，为什么要离婚呢？"

我定住了。一贯讨厌这种多管闲事的碎嘴娘，但这次却幸亏她多嘴，让我松出一口气。紧张感退却后我就感到了疲惫，全身上下都酸痛得要命，不是因为坐飞机，也许是因为换波段。

我脱下脚上的高跟鞋，把肿胀的双脚套进门边放得整整齐齐的一双水绿色篾编拖鞋，走过湖蓝色的客厅，左右观望了一下，立刻找出了属于赵五的卧房：淡青色地板，浅一个色号的墙，深一个色号的衣柜、梳妆台和一张大床，并排还放着一张婴儿床。

保姆在身后追着说："咪咪睡着呢！叔叔一早把她送回来的，他说咪咪这几天很乖。"

我叹了口气，走向另一段波动的命运。

婴儿床上的孩子正在酣睡，圆圆的脑袋陷在松软的枕头里，嘴角挂着一串白亮的口涎——细眉毛，睫毛黑簇簇的一大圈，鼻头有点儿塌，小小的嘴巴，翘翘的嘴唇，肉鼓鼓的两只小胳膊摊成一字形。我没有养孩子的经验，看不出她到底有多大，但显然比一周岁的照片上大了许多。

正看她时，她就醒了，睁开的眼睛像杏仁，圆咕隆咚，转起来好像会有声音发出似的。

她在静静地观察我。都说小孩的感觉最敏锐，难道她发觉自己的母亲已经换人了不成？

她黑色的瞳仁那样宁静，我在里面看到了赵五，不，是章之延的影子。我忍不住戳了一下她肉嘟嘟的胳膊，试探地叫了一声："咪……"

不知道章之延平日怎么叫她，但是这一声试探的"咪"却立刻在她身上激起了回应。

小胳膊呼地朝上举起，仿佛是在召唤一个怀抱："妈妈。"

嫩生生的小姑娘的声音，带着亲昵的撒娇的尾音。

好像玩游戏走对了第一步，我顿时被逗起了兴趣，把孩子从婴儿床里掏了出来，觉得不稳当又换了姿势，很舒服地把她抱在怀里。

孩子笑了。第一次发现婴孩笑起来眼角也会有这么厚的褶皱。她用柔软的迷你手掌戳我的脸，戳腻了又抓。我喜欢那柔软皮肤的触感，但讨厌她的动作，心下嘀咕："真不知是怎么管教的。"

我用手臂当摇篮，回转身却看到保姆正目瞪口呆地站在卧房门口。

"怎么了？"我奇怪地问。

小保姆一边比画，一边支吾："阿姨你……不是不喜欢抱孩子吗……可以交给我来。"

我的动作僵住了，低头看了看怀里欢天喜地的小家伙。原来，她这么兴奋是因为很少被妈妈抱。章之延随身带着咪咪的照片，应该很喜欢她，但或许不习惯用肢体语言表达。

小家伙又伸出手来摸我的鼻子，嘴里嚷着："咕噜！"

我闻到了她身上的奶腥味儿，那是一种暖烘烘的、让人心软的味道。"没什么。"我对保姆说。我把丫头搂得更紧了一点儿，任她折腾我的脸。

我们的交集，或者不会超过一天。

我抱着孩子完成了对整套房子的检阅。两室一厅，设计非常简洁，配色很干净，保姆在客厅搭铺，卧房外的另一间是书房兼画室。两面书墙，靠窗则是宽大的长桌，能铺下三米长卷。桌上的两排红木笔架上，像挂兵器一样悬着粗细不一的毛笔。砚台造型古朴，上次研的墨早已干了，却仍让整个房间都充盈着浓郁的墨香。

但是，桌上没有画。

一转身，可以看见屋梁位置横着一根线，一幅水墨丹青悠悠地挂在那里——湖畔荷花图。在盛放的白荷花的花苞、荷叶之间弥漫着淡青色的雾气，让这画幅像轻纱一样灵动。

我忽然嫉妒起来，怨自己为什么不是赵五。

晚饭后，我带咪咪去湖边散步。出了巷口到湖滨不过几十米的路程，我就觉得怀里的小丫头越来越沉了，谁让我把孩子当玩具呢，这下子吃到苦头了。

刚下过小雨，眼前的湖山迷迷蒙蒙，如在梦中。近湖粉荷大放，荷花独特的香气伴着阵阵晚风袭来。我抱着咪咪在石椅上坐下，指着湖畔的花朵问："咪——那是什么？"

"荷发——"咪咪激动得手舞足蹈。

忽然，一个小小的黑影从荷塘中一跃而上，轻悄悄地停在岸边的青石上。

"咪——这是什么？"

我小心翼翼地把她放在地上，让她可以仔细观察那个刚跳上来的小东西。

她撅起小屁股朝前探身，但幼小的她还不知道如何保持身体平衡，于是"噗"地仆倒在地上。娇嫩的手臂和地面摩擦，一定很疼，她"哇"地哭出声来。我慌忙把她抱起来，轻轻摇晃，一边察看她擦红的手臂，一边心里埋怨自己玩得太过火。

"蛤蟆！"她忽然停止哭泣，瞪着我说，手臂指向那个受惊跳回荷花丛里的小影子。

"是呀，这是蛤蟆。"我不由得有些惊讶，小丫头牙牙学语不久就教会了这么难的词，章之延真有点儿本事。我突然想到了什么，把孩子抱起来，异常认真地对她说："咪，我们约定一个暗号吧！"

"暗号。暗号。暗号。"小东西不知道这个词是什么意思，只一个劲儿地点头重复，好像在做一个游戏。

"蛤蟆。"我兴奋地对她说，"暗号是蛤蟆。记住了吗？"

她挥舞着小胖手，拍在我的脸上。"蛤蟆！蛤蟆！"

"蛤蟆是什么？"

"暗号。"

"暗号是什么？"

"蛤蟆。"

真是个聪明的孩子。

我一笑，她也笑了，露出没长齐牙齿的牙床，黑眼睛格外明亮。我心中一动，仰头看，夜空突然放晴，一整面洁净如晶莹蓝水晶的天空，嵌着深深浅浅的星座，遥远的星光隐约形成一条宽阔的乳白色河流，无声地从天宇中流过。只有在巴音布鲁克草原才能见到这样的星空！

我抱紧怀中的孩子，在星空的注视下激动得全身颤抖。

入睡前，我在镜子前面好好打量了一下章之延的容貌。小脸尖下巴，不习惯。放肆的浓眉毛，我喜欢。有点儿塌的鼻子，过得去。黑洞洞的圆眼睛靠得太近，怪怪的。小嘴巴和鼓翘的嘴唇，还算可爱。我知道在我的人生轨迹中永远无法与她相见，除非是像现在这样：她在镜子里面，我在镜子外面。

我把咪咪从婴儿床上抱到大床上，在床头柜上准备了奶瓶和纸尿片。然后，我搂着这个小小的肉包一起睡去，她粉红的舌头不停地在我脸上舔来舔去，痒痒的，但很惬意。

"咪，暗号。"我在逐渐侵袭的困意中下意识地嘟哝了一声。

然后，一个温软的童声用跳跃的语调在我耳边放声说："蛤——蟆！"

梦一个接着一个地来了。

在梦里我穿越了一个又一个不同的世界，我又好像穿越了不同人一连串不同的梦境。而且一直在波浪上震荡，一波又一波，一浪又一浪。

我晕眩得想吐，什么都忘了，以为自己在做一个晕车的梦。我不知道自己身在何处、要去向何方，我不知道梦里这一次又一次的流浪到底意味着什么——或者这几天的颠簸也许都是梦吧——这起伏翻滚的波浪，像穿越康定城的那条河，滚着汹涌的波涛，发出隆隆的声响，而河水又是那么清澈，可以看见波涛拍打着的河底青石。

然后，我隐约听到什么声音。在那河水的咆哮声中有什么声音，像是一个孩子欢欣的笑声，渐渐地远去。

晨光中。有清晰的"吱啦吱啦"的声音传来。

我睁开眼，看到淡褐色的天花板。然后，看到BABY正在拉窗帘，逆光中，勾勒出她的一个苗条的背影。

"我要上班去了。你是不是不舒服？刚才一直在翻身。"她回头问。

我还没有反应过来，只呆呆地望着她。

"电脑开机就自动上线，你要想上网直接打开就行。"她指指桌上的东芝笔记本。

头部酥麻的感觉渐渐消散，我慢慢地接上了线——在A世界的我，原计划从成都返回后径直去上海的同学家小住两天。这就是我为什么会在BABY家醒来的原因。

"好的。"我应了一声，声音有些虚弱，像大病初愈的人。

我慢吞吞地起床，在卫生间找到了我的洗漱用具，在镜子里看到熟悉的面孔，每一个早晨，这张脸总是有些浮肿，无精打采的。

"你好。"我摸着镜子里的自己，"欢迎回来。"

暑假很快就结束了，生活又回到了正轨，跟随忙碌的齿轮不停地旋转。我后来才知道，有这种经历的并不止我一个，康定夜晚的那阵怪风，吹散了 3 个人，而那次暂时性的波动给我们带来的影响，也在同一时间消失。在我们不在 A 世界的几天里，也有别的赵二、刘三、姚五占据了我们的频道吧？所以生活依旧沿着正常的轨迹继续。其实，大刘和姚夫子的经历比我更刺激有趣，但只有我总是念念不忘在不同空间的日子。

我经常怀念章之延的生活，也对赵四的丈夫有一点儿好奇。还有，还有，我想念咪咪那柔软皮肤的触感，和那对沉淀了璀璨星空的黑色眼睛。我知道我的人生中永远不会出现那样一个孩子，她存在于另一个神秘的世界，但我经常幻想，有一天，我遇见一个人，和他有一个孩子，而那是一个女孩，在她牙牙学语的时候，忽然靠在我耳边神秘地说——"蛤蟆"……

我知道，在我的空间永远不可能发生这样的事情。即使这是一篇伪科幻小说，也应有它内在的逻辑规则。其实，我对现世的生活并无不满，但是，偶尔，我也想探望一下其他世界的其他自己，就像一次小小的旅行。

大刘说，波动可能是偶然的、无序的、不可再生的。但是我想试试。许多事都是从偶然开始，逐渐被人们摸清规律的。

2005 年的夏天，同一个阴历十五，我又回到了康定。这一次，只有我一个人。

又是一个繁星若尘的十五夜晚，没有月亮，我深吸了一口高原上清新的空气，沿着跨河大桥桥墩处的梯级，一级级地走下去。水声越来越响地拍击着耳鼓。最下面的梯级没在河水中，我紧张地迈下一步，又一步，河水没过了我的凉鞋，清凉的水在夜里带着冰一样的寒意。我咬咬牙，继续下行，身体逐渐没入寒流，我紧抓住梯级旁的扶手，用被冰水冲得几乎麻木的脚去探最近的一块河心石。果然河水并不深，但是汹涌的浪头让我几乎站不住脚，如果不是双手紧扒住扶手，片刻间就会被巨大的水流冲走。

　　但是我感觉到了，在这一波又一波浪墙中，我感到这个世界的声音逐渐遥远，一种似曾相识的震荡感代替了水流的波动，将我送向一个又一个比邻时空……

杀死一个科幻作家 /夏笳

必死之局

亲爱的读者诸君，请试想某一天晚上，你走进自家客厅，看见自己的尸体在地板上横着，心脏处插着大号牛排刀，血浆像黄石公园的火山爆发一样喷溅满地。面对此情此景，你会做何感想？

尽管身为科幻作家，每日与外星人劫持、机器统治人类、小行星撞击、太阳系二维化一类的怪力乱神纠缠不清，然而看见尸体的一瞬间，我依然觉得，这场面未免太科幻了一点儿。

为避免语无伦次，还是从头讲起。

一

周五下午五点，我开车回家。九月，城市刚刚退去燥热，晚风里有雨后街道湿漉漉的味道。路过大型连锁超市，我停下来买了一支一九九五年的长城赤霞珠干红和一束白百合。干红用来配牛排，百合用来装饰餐桌，两件事安安都特地打电话叮嘱过，绝不可能忘记。

付款时收银员问我是否有会员卡。自然应该有，但翻遍钱包与全身口袋都找不到，大概出门时就忘记带出来。于是想起早上安安也曾就会员卡的事提醒过我，我却还是忘得一干二净，心情突然有点儿沮丧，为这点儿小事，回去后免不了要遭到她持续不断的数落。

人类的可悲可笑之处就在于无法预知未来，如果此刻有一位剧透之神在身边，它大概会慷慨地安慰我，大可不必为那张成本不足一元的薄卡片操心，因为今晚九点钟我将准时看到自己的尸体横躺在客厅地板上。

路上很堵，到家时天色已晚。我怀抱红酒与百合花，不便掏钥匙开门，于是抬起手肘按下门铃。悦耳的电子铃声响过三下，有轻快的脚步声从门后传来。

开门的居然是苏菲，腰间还系着围裙。看见是我，她嘴角立即浮现出女演员般华丽的笑容，像身穿金色比基尼的莉娅公主一样惹人遐想。

"怎么这么晚啊，这都几点了？"她声音娇憨，伸手要接我怀里的花束。近处看，她今天的妆容格外精致。

对于她的热情，我没有立即回应，在别人家里公然做出主妇的模样，未免显得有些招摇。

　　安安紧跟着从厨房出来，同样系着围裙，头发随意绾起盘在脑后，用一只墨绿色蝴蝶结发卡别住，显得利落又不失女人味。她安静的声音穿过苏菲的身体飘到近处来。

　　"是啊，怎么这么晚？"

　　"堵车堵得要死。"我远远地冲她笑，这时墙上的钟表刚刚敲响六下。钟是安安的妹妹送我们的结婚礼物，不知她为什么想起来送钟，但模样确实精美，有玫瑰花与小天使一类的装饰，每到整点还能以《婚礼进行曲》报时，与新家的气氛相得益彰。

　　"也没多晚，刚刚六点而已。"我又笑。

　　将葡萄酒与百合递给苏菲，再脱下大衣交给安安，这样两人都有事忙，我也偷空坐下喘一口气。屋里弥漫着逼人香气，大概是牛尾汤，加洋葱番茄玉米一起煮的。

　　"好香啊，晚上吃什么？"

　　"等会儿你就知道了。"安安淡淡地笑道。

　　不知为何，我有点儿心神不宁，仿佛不慎走入一间藏有异形怪物或者终结者之类诡异存在的房间，膝盖发抖，背上冒汗。或许剧透之神已经提前在向我发出警告了也说不定。

二

六点半开饭。先端出的是熏鲑鱼色拉和番茄奶酪做的冷盘，然后上牛尾汤。尽管只是三个人在家吃饭，餐具之类依然摆放得很正式。为了增加气氛，安安甚至关掉灯，点上了蜡烛，组合音响里放出如泣如诉的小提琴四重奏，名字我叫不上来，大概是安安前两天新买的。

葡萄酒倒入水晶杯，烛光下折射出鲜血般殷红的光。

"碰一个？"我率先举杯，两个女人也将面前的杯子拿起。

"等一下，我先来！"苏菲快人快语，"咱们今天吃这顿饭呢，主要是为了庆祝志伟哥新书出版。所以我得先敬志伟哥一杯。志伟哥，祝你新书大卖，卖它个几百万本，从此成功混入畅销书作家队伍！"

几百万！哪有这样的好事，这年头科幻小说能卖三万本就算奇迹，这丫头是存心逗我开心。

"那就借你吉言。"我满脸假笑与她碰杯。水晶杯"叮"的一声轻响，仿佛往深井里投入一粒石子。

安安在一旁淡淡笑道："说这么热闹，还不赶紧把你的书给人家送一本。"

"对对。"我点头，去一旁取来散发油墨气息的新书。封面装帧颇为精美，并无一般青少年科幻读物那种低幼化的配图，而是以素色花纹为底，上面印着"时间旅行者的情人"几个白色小字。照例未能免俗地配有腰封，用远比书名大若干倍的字号标出几位行业泰斗的姓名与推荐语，若仔细分辨，其中一位与科幻有关的人士都没有。很显然，出版商的意图是将其包装为都市青年白领的时尚读物，若操作得好，或许真能浑水摸鱼卖上十万本也未可知。

　　至于小说内容，则无甚新意，大致讲一名男子突然获得时间旅行的能力，于是穿梭于六个不同时代，与七名女子分别相爱厮守的故事。因为这些女子各自有其无与伦比的美丽之处，导致男子最终也无法做出抉择，只能将生命尽量平分给这些女人。男子死去之后，七名女子分别在不同时空中为他举行葬礼，追忆与他曾经度过的似水年华。这是全书中最为煽情之处，据说编辑部的小姑娘们看到这里，无不像被按下按钮一般纷纷潸然泪下。

　　我将书递给苏菲，她接过去掂了一掂，仿佛在揣测蛋糕盒子里是否藏有钻戒，随即唇角轻扬，似笑非笑地说道："这本书我已经有了呀，志伟哥你忘了？"

　　诚然，我早在此之前送了一本给她。若要再准确些，便是昨天中午，我开车接她去吃饭时，在车里亲手交付与她，内页中甚至偷偷写有几句肉麻不堪的话，想必她回去后已经看到了。既然如此，何必在安安面前说出来，这丫头存心找事。

　　我只好假笑，"拿着吧。书嘛，多一本不多。"

　　我边说边翻开扉页签名，即使出于礼貌客套，此种过场程序也不可少。我用与畅销书作家相称的潇洒字体写下:"苏菲女士惠存。两情若是久长时,又岂在朝朝暮暮。李志伟赠。"

我一边写,一边感到有一只光溜溜的脚在餐桌下偷偷蹭我的腿,自然不会是安安的。我佯装不知,只管埋头签名。

写好递过去,苏菲接过去笑道:"那就谢谢大作家啦。"

安安也在一旁笑,"什么大作家,你就会捧他,捧得他不知道自己是谁了。"

餐桌下那只脚,依然贴在我腿上磨蹭。

苏菲收了书,再次举杯道:"安安姐,我还要敬你和志伟哥。祝你们俩下个月顺利结成革命家庭,生个小作家出来。"

安安在烛光里侧脸看我一眼,唇间流露出蒙娜丽莎般神秘莫测的微笑。我不由自主地握住她的手,感觉到了她纤纤玉指上的铂金订婚戒指。

三只水晶杯在空中相碰,又一粒石子掉入黑洞般深不见底的井中。

安安道:"那我也祝苏菲早日找到一个如意郎君,最好下次能带过来,我们四个一起吃饭。"

苏菲叹气道:"唉,我哪有安安姐这么好福气呢,找到志伟哥这么个好男人,温柔体贴、一表人才、有房有车,还是个作家,说出去不知多有面子!"

安安道:"以你的条件,什么样的找不到。眼光别放那么高,挑三拣四的。男人嘛，没有十全十美的，有时候就得将就点儿，能过日子就行，对吧？"

她边说边看我，我也只得顺着往下说道："要求高是好事。有机会让安安姐介绍几个青年才俊给你，都是当年她挑剩下的。"

马屁果然拍得及时，安安假意撇嘴，眉梢眼角却满是笑。苏菲也笑，桌下那只脚却狠狠地跺下来，杀气力透脚背，连木地板也险些要破掉了似的。

我不禁"嘶——"了一声。

"怎么了？"安安疑惑地看我。

"没事没事……"我咬牙强忍，"那什么，我去趟洗手间。"

三

我迈着轻快的步伐逃离客厅，穿过走廊，走进厕所。房子刚刚装修好不到两个月，高档瓷砖与实木地板散发出崭新的气息。我喜欢这气息，在那些地狱一般的赶稿日子里，是它们神圣的光辉在远方地平线上召唤我前进。再写两万字，便可买下一平方米的厕所瓷砖……再写五万字，可以升级为带清洗与自动烘干功能的高档马桶……科幻作家也得吃喝拉撒，也得在地球上买房买车，我咬着牙写了十年，终于换来今天的一切。有时夜里做噩梦，我会梦见瓷砖与高级马桶突然间分崩离析，重新变回电脑屏幕上寒酸的文字，一行接一行地消失不见，于是大吼一声醒来，内裤都被冷汗湿透。所幸只是梦而已，绝对没有刺穿现实薄膜的可能性。

我嘴里不由自主哼起《星球大战》主题曲，"前进吧，天行者，银河系的历史又揭开新的一页！"

我拉开裤链，对准高档马桶撒了泡尿，冲水，扭开洗脸台上的水龙头，洗手、洗脸，顺便从镜中仔细端详自己。三十岁，相貌只能说是平庸，因为常年熬夜、抽烟写稿，所以脸色憔悴，牙齿发黄，最糟的是由于缺乏运动，已经有肚腩顶着腰带上面的衬衫微微鼓出来。尽管如此，与周围其他三十岁男人相比，我的状态还算不坏。穿上名牌衬衣，坐在咖啡馆一类蛮有文化气息的场所，再请专业摄影师拍照润色，配以"畅销书作家"的头衔登上杂志封面，我依旧可以吸引过往女高中生们的目光吧。

我一边浮想联翩，一边用手指蘸水抹平头发，嘴里依旧哼着《星球大战》的主题曲。身后马桶一直传来抽水声，好像完全没有停下来的意思。我皱眉过去查看，买来还不到两个月的高档马桶，五万字换来的高档马桶，像爱伦·坡笔下的莫斯肯大旋涡般旋转不停，发出巨大的声响，令人心情甚是不爽快。我将所有按钮依次按一遍，喷水、喷香水、热风烘干，莫名其妙的功能如音乐喷泉一般交错起伏，说也奇怪，折腾一番后马桶竟好了。

我哼着歌，满意离去。

四

离开厕所，穿过走廊，向客厅走去，我突然感到周围异常安静。安静分很多种，有些平淡无害，有些则是怪物口臭一般带有压迫感的死寂。此刻我感觉到的便是后者。墙上的钟表突然响起，庄严肃穆的《婚礼进行曲》宛如身穿白纱的大天使们，沿着走廊列队前行。

乐声中我缓缓推开门，便看见地板上的尸体。

客厅灯光大亮，一片狼藉，仿佛刚刚有台风刮过，原本应该被精心安置在各处的物品以散漫随意之姿态滚落满地。尸体横躺在受灾现场正中央，脸侧向一边，扭曲的姿态令人想起名画《马拉之死》。那人胸口插着刀，若要再准确说明，是上周刚买回家的德国进口组合餐具中最大号的一把牛排刀。整个刀锋足有二分之一的长度都深深插入心脏，血不断地涌出，将深蓝色衬衣染成近乎紫黑色，并且还在沿着实木地板的缝隙不断向四周漫延。

因为开头处已经剧透，所以此处不必再卖关子。根据死者的脸与身上衣着，可以轻易辨认出，那人正是我自己。

我！自！己！

《婚礼进行曲》庄严肃穆的旋律恰在此时停止，紧接着响起当当当的报时声。我抬头望去，钟的指针竟指向九点。

整个状况完全超出正常人类的认知范畴，只能凭借生物本能行动。我不知道祖先们在漫长的进化过程中，给我的DNA链中存留了多少有用的逃生基因。大概仅够我在完全无意识的状态下，像尾巴被烧着的耗子一样逃回厕所吧。

灯光惨白，我将门反锁，随即浑身颤抖地滑坐在地，对着面前崭新光亮的高档马桶发呆。

五

据说当大灾难来临时，厕所是最好的庇护所，此处空间封闭，结构稳固，水源充足，并且有许多毛巾。毛巾的重要性，科幻迷几乎尽人皆知，不必在此浪费宝贵的时间解释。

我用毛巾蘸冷水擦脸，以恢复一点平静，然后鼓起勇气，对着镜子里的自己进行如下提问：

十四的平方等于多少？

一百九十六。

宇宙飞船上天的速度是？

七点九公里每秒。

群星的尽头在哪里？

川陀。

宇宙、生命以及一切的终极秘密是？

四十二。

谁是天行者卢克的爸爸？

黑暗武士达斯·维达。

谢尔顿·库珀博士的智商是？

一百八十七。

他毕业于加州理工学院物理系，出生于美国得克萨斯州东部，十一岁上大学，十五岁去德国海德堡学院做客座教授，研究方向是弦理论，一个硕士学位、两个博士学位……

足够了，没有问题，我的神志十分清醒，没有疯、没有失忆，也不是在做梦。为确保万无一失，我又捏起手臂上的肉用力地拧了一下，好痛！

门外一点声音也听不到，仿佛整座房子暂时陷入时间的缝隙之中，停滞不动。时间！这个词我想起一个重要细节，看见尸体的一瞬间，客厅里的座钟正敲完九下，而我离开餐桌去厕所的时候，应该尚不到七点。

唯一合理的解释是：我穿越了。

因为穿越，所以能看到另外一个自己。也即是说，七点钟的我穿越到两个小时以后，看见九点钟的我，用科幻小说的逻辑来思考，一切便迎刃而解。问题是，九点钟的我胸口插着大号牛排刀死在客厅地板上，这样重口味的场景，恐怕任何穿越爱好者都吃不消。

我再次用毛巾蘸水擦脸，将新冒出的冷汗拭去。原地打转思忖良久，我终于下定决心，将厕所门拉开一条缝向外张望。走廊光线暗淡，隐隐有熟悉的乐声从客厅飘来。

小提琴四重奏，如泣如诉。

六

再次推门进入客厅，我看见一切如故。烛光幽暗，地板整洁，任何像尸体的东西都看不到，也并无一点凌乱痕迹。苏菲与安安依旧坐在桌边，一起扭过头来看我。或许心理作用使然，总感觉她们眼神闪烁，如同夏夜古井边的鬼火。

"怎么去那么久？"苏菲先开口。我抬头看墙上钟表，差十分七点。

"是啊，汤都要凉了。"安安抽动嘴角，勉强笑道。

我胆战心惊地落座，看来暂且是回到正常时间里了。喷香扑鼻的牛尾汤果然已经凉透，表面凝固起一层腻腻的油花。

安安起身，去厨房端来主菜。盖子掀开，是上好的澳洲带骨牛排，以颇专业的手法煎至五成熟，尚在嗞嗞地往外流淌汁液，在跳动的烛火映照下，像许多油光水滑的虫子似的争先恐后地钻出来。我不由得一阵恶心。

苏菲俯身吸气，陶醉地说道："这牛排真嫩！安安姐，你怎么弄的啊？我每次都弄不好。"

安安笑道："多试几次你就会了。"

两人边说边动手——切开红嫩的肉，剔去硬脆的骨，未凝固的血浆流淌出来，脂肪层迸裂，喷射出近乎残忍的香气。我坐在那里看她们吃，肉块被送进两张丰满红润的嘴里，四排珍珠般的皓齿反复咀嚼，柔软的丁香小舌搅拌舔舐，最后被吞进雪白的喉咙。两人的吃相我都再熟悉不过，却从未像此时此刻看来这般陌生恐怖，仿佛两头霸王龙正蹲在白垩纪丛林中心情愉快地大快朵颐。

"嘎吱嘎吱"，"嘎吱嘎吱"，咀嚼与吞咽声伴着小提琴四重奏四处蔓延。

"怎么不吃？"安安停下刀叉看我，"都是按你喜欢的味道做的。来，趁热吃。"

她抬手就把刀伸到我盘子里来，替我切肉剔骨。大号牛排刀，插在尸体心脏处的牛排刀！刀锋上的光芒宛如油滴，随着烛火跳动着，一颗一颗地淌下来。血水四溅，像喷射着的黄石公园火山。

"我……我自己来吧……"我勉强开口，喉咙却干涩沙哑。

牛排刀提在手里重得很，我慢慢用力，操纵僵硬的手指紧握住刀柄。刀柄据说是由某种高级木头制成，枫木或者胡桃木？我这会儿完全想不起来，总之价格不菲。这样昂贵的刀插进胸口是何感觉？是否如传说中的绝世宝剑，心脏被剖出时，人还来不及感到痛？我的指尖微微用力，刀尖轻易没入五成熟的嫩牛排中，像摩西分开红海，尘归尘，土归土……突然间墙上钟声大作，我手一抖，牛排刀从指间滑落，"砰"的一声钝响。

《婚礼进行曲》残酷无情地炸开寂静，恍如全副武装的地球部队入侵潘多拉星，把白衣小天使们像扔燃烧弹一样抛满每一寸空间。

我满脸冷汗，背脊冰凉，鼓起勇气抬头看钟，七点整。

"怎么搞的你，心神不宁的。"安安对我皱眉，弯腰去捡刀。我堆起脸上的肌肉对她假笑，为避免解释，匆忙从盘子里挖起一大块沙拉往嘴里塞，却差点儿被腌橄榄呛了嗓子。

七

墙上的钟"嘀嗒嘀嗒"响，时间弹珠一般飞快流逝。

七点十分，吃牛排。

七点二十分，依旧吃牛排。

七点三十分，终于撤下牛排，端上新鲜的提拉米苏蛋糕。我趁此机会点燃一根烟猛抽。

七点四十分，两个女人依旧吃蛋糕，我依旧抽烟。无论是牛排还是蛋糕，我都几乎没有吃下，尽管如此，却完全没有饥饿感。面前的烟灰缸里，烟蒂不知不觉堆积如山。

"啊呀呀，太好吃了！"苏菲将最后一块蛋糕送进嘴里，猫一般满足地伸出舌尖舔嘴唇，"唉，我还说减肥呢，一不小心又吃多了。"

安安笑道："你这么瘦，还减什么肥啊。我才是呢，最近又没空去健身房，胖了好几斤。"

"你是要结婚的人嘛，多吃一点儿也是应该的，结婚可累人呢。"

"结不结婚，还不都是伺候他。"

我半晌才领悟到，安安所说的"他"是指我。因为心不在焉，指间香烟已不知不觉地烧掉一半。安安伸手过来，夺下烟蒂摁灭。

"你也少抽一点吧，真是，这么大味儿。来帮我收拾。"

苏菲乖巧地摘下餐巾，"我帮你吧，让志伟哥歇着。"

两个女人起身，收拾桌上残羹剩饭，杯盘相碰，叮咚作响，若是换一个环境，也未尝不能当作音乐欣赏。我再次抬头看表，七点五十分。

距离九点还有一小时零十分钟，大号牛排刀响声清脆。

"我……我再去趟洗手间。"

八

时间旅行究竟是怎样发生的，对此，所有科幻小说都措辞暧昧，语焉不详。即便有少数作者厚颜无耻地大谈特谈，也往往会被读者不耐烦地跳过，白白耗费精力与纸张不说，被人挑硬伤的滋味更是不妙。因此我在写《时间旅行者的情人》这本书时，完全不涉及任何拗口的科学名词与技术描写，男主角只凭借一系列特殊的动作便能穿越，只不过这些动作极端微妙，且需配合特定的思维活动同步进行，因此正确完成的成功率不高。这也正是他阴差阳错地穿越到六个不同时代、结识七位美女的主要原因。

也许我在瞎编乱造的过程中，无意间勘破了宇宙终极奥义？也许那些会发光、会旋转、会吱哇乱叫的电闪雷鸣、会制造虫洞修改宇宙弦参数的高科技玩意儿才是真正的无稽之谈？也许时间旅行从来都像把灯泡放进嘴里再拿出来或者舔自己的胳膊肘一样简单，只是从来没有人做到过？

我试图一步一步地重复之前做过的动作，拉开裤子拉链，站在高档马桶前，勉强挤出半泡尿，冲水，扭开水龙头，洗手，洗脸，审视镜子里的自己。我的头发蓬乱，眼中有血丝，除此外与之前并无明显不同。

我一边用手指蘸水抹平头发，一边哼《星球大战》的主题曲，或许因为紧张，旋律变调得厉害，仿佛联合舰队在布满虫洞的空间里七扭八歪地艰难行进，若是配合此种音乐升起字幕，想必星战迷们非但不感动，反而会手持光剑将我斩成碎片吧。我才哼到一半，身后的抽水马桶就安静了下来，连滴水声都听不到。我凑过去，像对着许愿池祈祷一般虔诚地跪下查看，洁白的高级马桶里只剩一汪清水，波澜不惊，令人想起生命出现之前的原始海洋。

九

我再次出门，穿过走廊，一步一步地走进客厅。钟声响起，天使们奏起《婚礼进行曲》。我抬头看钟，八点整。

我叹了一口气，说不清庆幸还是焦虑。距离九点还有一个小时。

客厅里空荡荡的，桌上餐具蜡烛都被收走，灯光暗着，小提琴四重奏已停止。客厅后的厨房里隐隐传来水声、收拾杯盘的声音，还有两个女人说话的声音。

我浑身疲倦，像被终结者连续追杀三天三夜，拖着脚步，慢腾腾地走去卧室。

十

卧室完全按照安安的品位装修布置，白色与深红为主，十分典雅华贵。黑暗中隐约能看见墙上的巨幅婚纱照，高悬在双人床上方，仿佛美国人插上月球的国旗，无时无刻不在宣告对这房间至高无上的领土权。照片上一对男女笑得极为灿烂，像用砂糖与天鹅绒反复打磨过，每个切面都自动反射着光芒。

这样灿烂的笑容，是否就能与幸福画等号，我对此毫无概念，就像不知道提拉米苏蛋糕与搜狗拼音输入法之间应该如何换算一样。

我懒得开灯，于是直接甩掉拖鞋侧躺在床上。卧室墙上没有钟表，因为安安睡眠很浅，连秒针走动声都不堪忍受。尽管如此，我依然感觉到"嘀嗒嘀嗒"的声响正在从空气中每一粒分子的震颤中流过。"子在川上曰，逝者如斯夫。"逝去的不仅仅是时间、青春，还有生命，货真价实的生命，毫不抽象、毫不形而上，我本人的生命在"嘀嗒嘀嗒"地流淌。

九点钟，火山将准时喷发，宝贵的生命将离开这个世界。

我嘴里发干，想抽烟，然而卧室里并没有烟。客厅或者书房里我可以随便抽，卧室则一点烟味也不允许有，这也是安安的规矩。正在胡思乱想，突然听到屋里有响动，我像被通了电流的科学怪人一样从床上惊跳起来。

屋里静悄悄，看上去毫无异状，然而方才我分明听到声音，错不了。我四下环顾，必然有某人或者某物藏在这屋子里。

先检查落地窗帘背后，然后是衣柜，门一扇一扇地被猛然拉开，每次都以为会有僵尸迎头扑过来，然而没有，只看见我的高档西装衬衣与安安的连衣裙规规矩矩地悬挂着，感受不到一丝生命迹象。

最终只剩下床。我浑身冷汗，慢慢跪下，地毯很柔软，因为也是高级货。床底下会藏着什么呢？无穷无尽的变态想象翩然而至，我伸手抓住床单一角，正要用力掀开，突然有一只冰冷的手从后面掐住我的脖子。

心脏几乎停跳，我惨叫一声瘫软在地。

"你干吗呢？"熟悉的声音从背后传来。

我勉强回头，即便光线幽暗，依然凭轮廓认出是苏菲。

"你……你怎么……"我结结巴巴。

黑暗中，苏菲娇媚的笑声宛如塞壬般魅惑人心。

"我来看看你啊。你是怎么了，一晚上都没精神？"

怎么可能有精神，比起死亡本身，更可怕的是在死期临近前被提前吓死。

"难道……是婚前……纵欲过度？"

"什么乱七八糟的？！"

"真的没有？我搜搜看……"她边说边伸手拉开床头柜，从里面轻车熟路地摸出一盒杜蕾斯。

"这是什么？"她歪着头在我眼前摇晃着手里的东西。

一股无名火冲上心头，我劈手抢过，扔回抽屉里，压低声音怒斥道："胡闹什么！"

短暂安静片刻。

这丫头大约没料到我会发火，瞪着眼睛呆坐一会儿，反而笑起来。

"好，好呀，现在你就会对我发脾气了……"

她一边说，一边将手伸到背后，慢慢抽出什么。刹那间我魂飞天外，仿佛看见美丽性感的 T-X 将上半身扭转一百八十度在对我说话。悬念终于揭晓，女魔头终于现身，手里拿着刀，锋利沉重的大号牛排刀。

脑海中飘过我们共度的无数美妙时光，像走马灯一般旋转，莫非这就是传说中的濒死体验？美丽的苏菲，娇憨的苏菲，小猫一般软软的身子，生气时凶神恶煞一般，转眼间又笑得花枝乱颤……一瞬间，我竟然有点庆幸握刀的不是安安，两个女人我都亏欠，硬要挑一个来杀我，似乎还是苏菲更胜任些。理由说不上来，大概就像写小说时塑造人物一样，凭借某种直觉吧。

背脊顶着坚硬的床脚，我无路可退。

苏菲突然挥手向我砍来，冷风扑面，我举手欲挡，却没有预想中的剧痛与冰凉触感。什么都没有。

从指缝中向外偷看，我隐约看到的发光物却不是牛排刀，是苏菲的手机。屏幕上有照片，一男一女，头凑在一起笑得很甜，或者说腻歪也未尝不可，肩膀露在被子外面，显然都没有穿衣服。

"自己睁眼看清楚，啊！"苏菲提高嗓门，声线因愤怒而微微发抖，令人想起被直升机吹过的水面，"你这个婚能不能结成还不一定呢。"

照片上的女人是苏菲，男的自然是我，若仔细端详，从这个角度拍出来的脸形居然还蛮耐看。

问题是，此时她拿出照片，显然不是为了让我欣赏自己的脸。

"你……你想怎么样？"我结结巴巴地说。

"我没想怎么样，是你想怎么样！"苏菲将手机往床上一摔，顺势抱膝坐下，俨然受气小媳妇模样，"你说喜欢我，离开我没法活，可又答应了安安跟她结婚。你说这么多年来她的梦想就是跟你结婚，做贤妻良母，你说毁了这个婚约就是毁了她这一辈子。好，你们两个，我谁也伤不起，我不破坏你们，我死心塌地当小三行了吧！可你也不用当着她的面欺负我吧，只有她怕受伤害吗？我就不会痛啊？"

说到激动处，她声音由尖厉转为哽咽，眼中泪光闪闪，我见犹怜。

"我……我怎么欺负你了……"

"你自己心里清楚！"

"我哪有欺负你……"我用力叹气，"唉，你们两个，要我的命啊……"

我伸手替她擦眼泪，她咬牙扭头躲开，一副不共戴天的仇敌模样，不过这种游戏玩得多了，我早有经验。大丈夫风流一世，眼下便是伏低做小的时候。我又不屈不挠地伸手拉扯她，往复好几回合，终于她身子一软歪了过来，一张梨花带雨的小脸倚在我胸口，连精致的眼妆也哭花了。我对准位置，不由分说地低头吻下去。无数历史经验教导我们，男女之间平息争吵，这是最佳方案。

十一

记得《时间旅行者的情人》刚写好时，我打印出来拿给安安看。她看完后沉默良久，然后问："你们男人心里，为什么都梦想身边能有不止一个女人呢？"

我百般辩解说这只是小说，纯属虚构，请勿对号入座。安安不依不饶，一定要听我说心里话。

心里话究竟是什么，我实在答不上来。对人类绵延千万年的集体心理做深层剖析，或许并非我一个科幻作家能够做到的。

"硬要打个比方，大概就跟你们女人买衣服一样吧。"我最终这样回答，"每次看见好衣服，都骤然生出非它不可的感觉，好像这辈子只买这一件衣服就足够了，一旦拥有别无所求，千真万确，赌咒发誓，连自己也相信是真的。然而买回家穿几次，又开始想要新衣服。旧的依然很好，依然可以隔三岔五地拿出来穿，只是……只是这辈子总不能只穿一件好衣服呀，没有这样的道理。对吧，是这样的心情没错吧？"

类似的问题苏菲也问过，我也拿同样的话回答她。苏菲毕竟脾气暴躁，一巴掌甩在我脸上，喝道："衣服不要了还能捐献给灾区人民呢，老婆你捐出去试试看？！"

老婆自然是捐不得，我也没能耐穿越时空去跟七个女人谈恋爱。原本以为这辈子有两个女人就能知足常乐，事到如今，却连小命都有可能丢掉，真是天大的冤枉。

十二

苏菲小猫一样的身体柔若无骨，皮肤在薄薄的蕾丝连衣裙下发烫，我用手心缓缓摩挲，即便要死，也该做个风流鬼才是。

正吻得酣畅，突然有什么东西在我脑海里响起，好似哥斯拉登陆纽约市前空气里传来的狂啸，或许是剧透之神又在对我发布警报了吧。我一把将苏菲推开。

"什么声音？"

"声音？"苏菲茫然四顾，"没有啊。"

"嘘！"我用一根手指按住她的嘴唇。

四下一片寂静，宛如被废弃的庞贝古城。

"真没有啊。"苏菲压低声音，"你今晚是怎么了，疑神疑鬼的。"

我翻身下床，蹑手蹑脚地潜行到卧室门口，耳朵贴在门上听了听。听不到什么声音。

转动把手，突然将门拉开，外面空无一人。

苏菲在身后悻悻地说："没人吧。"

我终于松一口气，回头低声道："没人你也别在这儿待着，小心一会儿安安过来看见。"

"切，多稀罕你这破房间似的。"

苏菲身子一转跳下床，腰身摇摆，像蛇妖一样曼妙地滑走。走到门前时她又故意回头嫣然一笑，伸一根手指点点嘴巴。

我愣了好一阵才醒悟过来，连忙奔去安安的梳妆台前照镜子。果然，脸上沾上了鲜亮的口红印。

十三

刚把脸擦干净，安安就走了进来，手里端一杯热咖啡，香气十分诱人。

咖啡？这么大晚上的谁要喝咖啡？

不等我开口，她先朝我的脸上打量。

"唉，你怎么……"

"我……我怎么了？"我做贼心虚，不禁提高音量。

"苏菲呢？"她又环顾四周。

"苏菲？我没跟她在一起啊！"我理直气壮。

安安愈加仔细地看我，我挺直腰板一脸坦然。无意间低头一瞥，我却瞥见右手背上残存的口红痕迹，浅浅一抹，犹如飞碟落地时留下的烧熔痕迹，将一切行踪暴露无遗。

"你的手……"安安目光也随之移动。

我迅速把手藏到背后，"怎么了？"

"我看看。"

"干吗？！"

越是心虚，越得理直气壮，况且事到如今别无他法，唯有拼死抵抗一条路。安安硬要看我的手，我硬是不让，两人像老鹰捉小鸡一样绕着转圈。拉扯间，咖啡杯陡然一滑，散发苦香的滚烫液体全洒在手上。

确切地说，是右手。

再确切地说，我的右手。

刺痛感沿着神经网络向全身蔓延，我像煮熟的虾米一样，整个身子缩成一团，脑门上爆出粗大青筋。

"啊！"

"哎呀，没事儿吧?！"安安惊慌失措。

一整杯滚烫咖啡泼在手上，不是温热，是滚烫，亦不是一两滴，是一整杯。若是谁说没事，我立即将他扭送非正常人类研究所。

安安像没头苍蝇一般在屋里乱转，一会儿拿毛巾蘸凉水来冷敷，一会儿找出纱布和药来包扎。我痛不欲生，怒不可遏，一瞬间对两个女人都恨之入骨。都说色是刮骨刀，果然应验，难道两个都是老天派来折磨我的魔鬼不成?！

"轻点儿！"我疼得忍不住想骂娘。骂娘这种事与教育程度无关，恐是祖先遗留在基因中的本能在作祟，原始人搬石头砸了自己的脚后，必然也是暴跳如雷地骂娘。

"忍一下，马上就好。"安安声音低得几近耳语。

她跪在地上，给我红肿发亮的右手裹上纱布，动作十分轻柔，缠了一圈又一圈。不知为何，这让我想起潘多拉替冥王哈迪斯包扎伤口的场面，心中不禁浮现几分伤感。

突然间，一滴眼泪掉下来，落在我缠着纱布的手上。

我吃一惊，抬头看安安。她哭了。

"怎么了你？"我问。

安安低声啜泣，眼泪像断了线的珠子往下掉。

"你是不是觉得我特别烦？是不是觉得我特别没用？"她的声

音极为细弱，仿佛还没孵出壳就要夭折的雏鸟，"其实你讨厌我，恨我，是不是？恨不得我立刻消失掉，是不是？"

"没……没有啊，你这是怎么了，好好的？"突然间形势大逆转，变成我理亏了。

"我怎么了？"安安凄然一笑，"我不知道自己是怎么了，只觉得我快疯了。每天，每天我都做噩梦，梦见我一个人在教堂里，穿着婚纱，捧着花，等着你，你总是不来，外面雨下个不停，天黑了，来参加婚礼的人也一个一个地走了，我一个人坐在黑暗里，一边哭，一边喊你的名字，你在哪儿呢？我不知道你在哪儿……"

我总是不忍看女人哭。尽管安安经常在我面前哭，每次看见时我还是心软，像半透明的夹心水果硬糖，外壳融化，里面全是黏的、稠的、绵软的。我伸手扶住她抽动的肩头，安安突然抬头，眼泪还在眼眶里打转，却露出怨毒的神色。这样的神色，我从来没在她脸上看到过，像美杜莎的蛇眼，令人浑身冰冷，化作石块。

她继续用细弱的声音说着，说着，像是梦呓。

"我找啊找，找啊找，最后终于把你找到了。你猜在哪儿，在一口棺材里面，黑黢黢的大棺材，你躺在里面，像睡着了一样，特别，特别安静，再也没有人能把你抢走了，谁都不行，你是我一个人的……"

她竟然一边说一边笑起来，那神情实在奇怪，像绿芥末配上绵软的草莓冰激凌一样充满诡异的违和感。我不禁惊恐地后退，却退不动。右手被死死地握在她手里，这女人，她疯了！

我忍痛一甩，抽出手，身子却失去平衡倒在床上。手碰到羽绒枕头下面冰凉坚硬的什么东西。我将枕头掀到一边。

是刀。

大号牛排刀。

今晚九点时将会插入我胸口的大号牛排刀。

今晚九点时将会插入我胸口的大号牛排刀，原来一直藏在卧室枕头底下。

为什么？

我彻底石化，浑身僵硬冰冷、动弹不得。安安眼神怨毒，伸手将刀握住。惊慌之间，我只来得及抓起一只羽绒枕头挡在胸前。

若论价格，大号牛排刀与单只羽绒枕头大概相差无几；至于实用性，如果大号牛排刀的攻击力为一百，那么羽绒枕头的防御大约是五，加上我自身战斗力充其量也只有五而已，这样一想，我突然觉得场面十分可笑又十分可悲。

"志伟……"安安带着哭腔喊我的名字。

"你……你不要过来啊！"我也带着哭腔哀求。

人类的理智再次失效，只剩祖先遗传的逃生基因进入自动导航模式。我先将防御力为五的羽绒枕头用力扔出，砸中安安的头，自然是不能造成任何实质伤害，但似乎造成了有效的心理攻击。安安"哇"的一声大哭起来，我趁此机会跳下床，夺门而逃。

十四

客厅里的钟指向八点五十分。

胸口插着大号牛排刀的尸体如同黑洞，在九点整静静地等待，我则一整晚都在不可避免地向那里滑去，终将在十分钟后一脚踏入，可耻而又可悲地完成合体。

老子还没活够！老子还没写出一部真正伟大的科幻小说！老子不能死！

安安一边哭喊，一边手握大号牛排刀向我走来，她早已不是我温柔美丽的未婚妻，而是受到病毒侵染的行尸走肉、僵尸、杀人魔！苏菲从厨房里跑出来，当然还有她，两个女人是一伙的。对此我也不必再客气，抓起手边能摸到的一切向她们扔去，大部分都未能砸中，"哗啦啦"地掉落在昂贵的实木地板上。每扔出一样东西，我的脑海中都飞快闪过它们的价格与标签，水晶杯、骨瓷盘、烟灰缸、洛阳三彩，让它们都见鬼去！

女人的哭泣与呼喊在一声声碎裂中蜿蜒起伏，不知为何，这声音此刻听来分外过瘾，好像在打实战游戏。我且战且退，退出大厅，跑过走廊，一头钻进厕所，将门"啪"的一声关上。

大灾难来临时，厕所是最好的庇护所，此处空间封闭，结构稳固，水源充足，并且有许多毛巾。

我用力喘息，将氧气泵入肺中。门外哭喊声与脚步声渐渐逼近，时间，时间，嘀嗒，嘀嗒，嘀嗒。宝贵的生命在流淌。

事到如今，逃生的路只剩一条。

我再一次重复那套动作，拉开裤链，对准高档马桶颤抖着撒尿，冲水，扭开水龙头，洗手，洗脸，从镜子里端详自己，用手指蘸水抹头发，嘴里哼着走调的《星球大战》主题曲。身后马桶抽水声持续不停，仿佛打算坚持到世界末日。我飞扑过去，依次按下所有按钮，热水，热风，香水味，我将脸埋在高档马桶中。

整个银河系的命运在马桶中旋转，冲刷，终于平静下来。

十五

透过厕所门缝向外窥视，外面的世界是凶是吉，难以预测。

光线似乎比之前明亮不少，气氛也宁静安详，犹如世界大战前飞过天际的鸽群，纯洁无瑕，尚未被任何邪恶力量玷污。我小心翼翼地走出厕所，穿过走廊，推开客厅门。客厅明亮整洁，没有遍地狼藉，亦没有胸口插有大号牛排刀的尸体。

抬头看表，五点五十分。

我成功穿越回五点五十分的世界，天堂一般美妙的、周五下午五点五十分的世界。

虽然不便过分张扬，但还是忍不住单膝跪地，摆出各种超级英雄的造型，以庆祝自己逃过一劫。此时此刻我必然是被主角光环笼罩着，《2012》早就告诉我们，即便全人类都毁灭，科幻作家也能活到最后一刻。

后面厨房里传来水流声、煤气火焰声与切菜声。我蹑手蹑脚地走过去，趴在门后偷窥。安安与苏菲正站在料理台前准备晚餐，仅看背影就能认出。案板上堆满各种新鲜食材，汤锅在炉子上小火慢炖，加入洋葱、番茄、玉米的牛尾汤正发出咕嘟声。我陡然间感到饥饿，虽然两个小时前刚吃过晚饭，但吃下去的分量不多，此刻腹中空空如也。

"志伟哥怎么还不回来啊，这都几点了？"苏菲的声音透过蒸汽传来。

安安淡淡地答道："大概有点儿堵车吧。瞧你，怎么比我还着急。"

这样想来，此刻另一个我应该正在回家路上，或许快到楼下了也说不定。

牛尾汤逼人的香气四处弥漫，我的肚子"咕噜咕噜"直响。饥饿感宛如太空中旅行的古董飞船，慢悠悠地、孤零零地穿过亿万光年，目之所及，不见星辰，只有比虚空更虚空的无限黑暗。

厨房近在咫尺，各色食物犹如黑洞，散发出致命的引力波，然而我却不敢贸然闯入。按照常理，此时我分明不该在这里，毕竟不是每个人都善于接受科幻小说中的逻辑。

我返回客厅，想找些零食充饥，费心寻觅却一无所获。安安对饼干薯片一类零食恨之入骨，在她心中，唯有健康天然的才配被称作食物，才有资格占据厨房空间，客厅门口则恨不得贴出"零食与狗不得进入"的标牌才合理。

门铃声突然响起。按铃的不是别人，正是我自己。

苏菲的声音从厨房里传来："咦，是志伟哥回来了吧，我去开门。"

想要去其他房间躲避却已来不及，仓皇间我瞥见餐桌，粉红色印花桌布是安安同事送的礼物，十分宽大，一直垂到地面。我顾不得多想，掀起桌布躲进去，旁边随即掠过苏菲"咚咚"的脚步声。

门开了，隔得老远听见苏菲笑得娇嗔。

"怎么这么晚啊，这都几点了？"

紧接着，安安的脚步声也从厨房里出来。

"是啊，怎么这么晚？"

"嗨，堵车堵得要死。"一个熟悉又陌生的声音回答道。紧接着墙上的钟奏响《婚礼进行曲》，那个声音自我辩解般说一句，"也没多晚，刚刚六点而已。"

不知为何，我突然觉得这声音多少有点儿招人烦。

十六

叫不上来名字的小提琴四重奏如泣如诉，客厅光线暗淡，只有烛火幽幽闪烁。

我蜷成一团躲在餐桌下，像尚未发育完全的胎儿，硬被塞进狭小漆黑的母亲子宫中。实木地板冰凉坚硬，硌得我尾巴骨生疼。尤其难熬的是各种食物的香气从头顶飘来，我周围却只有三双套在拖鞋中的脚，散发出算不上恶臭，但也绝不能说好闻的气味。

对话声断断续续地传来，像重看熟悉的肥皂剧，只是我看不到画面，仅能凭声音猜测剧情。

"碰一个？"

"等一下，我先来！咱们今天吃这顿饭呢，主要是为了庆祝志伟哥新书出版。所以我得先敬志伟哥一杯。志伟哥，祝你新书大卖，卖它个几百万本，从此成功混入畅销书作家队伍！"

"那就借你吉言。"

什么吉言，虚伪！

"说这么热闹，还不赶紧把你的书给人家送一本。"

"对对。"

"这本书我已经有了呀，志伟哥你忘了？"

"拿着吧。书嘛，多一本不多。"

餐桌上传来"沙沙"的写字声，餐桌下，一只光脚像银鱼般从拖鞋中滑出，一点一点地向我的脸逼近。我只好屏住呼吸尽力躲避，勉强为它让出道路。那只脚终于成功抵达目的地，在穿西裤的腿上磨蹭。

"那就谢谢大作家啦。"

"什么大作家，你就会捧他，捧得他不知道自己是谁了。"

银鱼般形状完美的脚依然得意地在另一条腿上游走。不知为何，突然很想拿刀将这脚利落地刺穿，或许与穿西裤的腿一起钉在地板上，看着血浆汩汩流出，才能令我郁结的心情稍微平复。

"安安姐，我还要敬你和志伟哥。祝你们俩下个月顺利结成革命家庭，生个小作家出来。"

"那我也祝苏菲早日找到一个如意郎君，最好下次能带过来，我们四个一起吃饭。"

"唉，我哪有安安姐这么好福气呢，找到志伟哥这么个好男人，温柔体贴、一表人才、有房有车，还是个作家，说出去不知多有面子！"

祝你全家祖宗十八代都嫁给作家。

"以你的条件，什么样的找不到。眼光别放那么高，挑三拣四的。男人嘛，没有十全十美的，有时候就是得将就点儿，能过日子就行，对吧？"

"要求高点儿是好事。有机会让安安姐介绍几个青年才俊给你，都是当年她挑剩下的。"

银鱼般的光脚如同雷神之锤，狠狠地向下跺在另一只脚上。虽然是另一只脚，我却也隐约感到有疼痛袭来。

"嘶——"

"怎么了？"

"没事没事……那什么，我去趟洗手间。"

十七

穿西裤的腿起身离开，我趁此机会，赶紧将头伸往空出的位置下面，小心翼翼地透过桌布透气。我在桌下蹲了快一个小时，此刻四肢麻木、头脑昏沉，若是再不赶紧补充氧气，怕就要可怜地闷死在里面。

餐桌上陷入短暂沉默。只有刀叉碰撞声、咀嚼声与喝汤声。

片刻后突然听见安安的声音：

"苏菲，咱们俩认识多久了？"

似乎迟疑了片刻。

"从中学到现在，十好几年了吧。"

"你和志伟呢？"

"也有三四年了吧。"

"你觉得他这个人怎么样？"

"他……挺好的呀，我一直都说他挺好的。"

"好在哪儿？"

"我不都说过吗，有钱、有文化、对人好、长得帅……是个女的都想嫁。"沉默一瞬，她反问，"你觉得呢？"

安安笑道："呵呵，是啊……想一想，这么好的男人，很快就要变成我老公了。"

"这还不好？"

"是，挺好……"

又是片刻沉默。我屏息凝神，竖起耳朵聆听，突然听见安安的一声啜泣。

餐桌上异常安静，像极了大灾难过后，惨白微弱的朝阳照在城市废墟上的沉寂。此情此景令人无言以对，我只好跟随整个世界一起沉默不语。

安安深吸一口气，终于说道："行了，我都知道了。"

"知道什么？"

"你知道我知道什么。"

苏菲竟无语。

安安又叹气，一字一句地说："苏菲，你们过去的事，我不管，以后的事我也不管，眼下我就想好好把这个婚结了，在家里做个好太太，这是我一辈子的梦想。我都快三十岁了，菲儿，错过这

251

一个，以后还有谁会要我，你说是不是？看在我们这么多年姐妹的分上，你成全我好不好，啊，就算我求你了……"

沉默如灰色穹庐，笼罩四野，只看见漫长的、灰暗的、布满尘埃的核战爆发后的天空。安安微弱的啜泣在这片天空下绵延，仿佛拴着红气球的脆弱丝线。

许久才听见苏菲不无凄楚的声音。

"你别哭了。"

安安努力抑制住啜泣，丝线断裂，红气球向着满布尘埃的天空飘去。

"别哭了……"苏菲喃喃着，像说给自己听，"安安姐，你放心，我没想跟你争，从来没有。"

沉重的脚步声逐渐逼近，那幕后的罪魁祸首刚上完厕所归来。更确切地说，是刚刚穿越到九点看完自己的尸体仓皇归来。

屋里气氛有一瞬间尴尬，我想象着三人面面相觑的模样，突然觉得大家都很可怜。

人类就是这样可笑又可悲的生物，视野被时空所限，本就如井底之蛙，却兀自狂妄自大。如果真有一位全知全能的神守护在身边，随时能拍着肩膀低声告知我们每一件事的前因后果、来龙去脉，好像自宇宙中俯瞰，一眼便能看清整个地球的形状的话，我们的世界或许会有所不同吧。至于到底如何不同，身为科幻作家的我却无从推断。想象力在此枯竭，好像搁浅的蓝鲸，在沙滩上被一点一点地晒成肉干。

最终是苏菲先开口："怎么去那么久？"

安安接道："是啊，汤都要凉了。"

不过片刻工夫，两个女人已经像杰克船长与史波克般结成奇妙的同盟关系，这种神秘的作用力与反作用力，恐怕我一辈子也搞不明白。

主菜端上来，牛排香气绵延百里，我肚子"咕噜咕噜"地狂叫。

"嘎吱嘎吱"，"嘎吱嘎吱"，咀嚼声与吞咽声在小提琴四重奏中蔓延。

"怎么不吃？都是按你喜欢的味道做的。来，趁热吃。"

"我……我自己来吧……"

钟声突然敲响，与此同时，沉重的牛排刀笔直掉落，像杨氏单缝实验的粒子一般，精确地穿过我包着纱布的右手与身体之间的缝隙，"砰"的一声钝响后落在地上。

我惊出一身冷汗。

"怎么搞的你，心神不宁的。"安安边说边弯下腰来捡刀。我屏住呼吸，慌忙将刀颤颤巍巍地推到她脚下。幸好她并未多看，直接握住刀柄起身。

时钟刚好敲响了七下。

十八

墙上的钟"嘀嗒嘀嗒",如同生锈的弹簧一般停止不前。

七点十分,餐桌上的三人吃牛排。

七点二十分,依旧吃牛排。

七点三十分,撤下牛排,端上提拉米苏蛋糕。餐桌上的志伟点燃一根烟抽,我闻见烟味,除了饥饿外更增添一分煎熬。

七点四十分,吃蛋糕,抽烟。

"你也少抽一点儿吧,真是,这么大味儿。来帮我收拾。"

"我帮你吧,让志伟哥歇着。"

杯盘相碰"叮咚"作响,如同电影片尾曲。或许因为饥饿与缺氧的缘故,我竟有点儿昏昏欲睡。

"我……我再去趟洗手间。"

餐桌上的三人依次离开客厅,我偷偷探出半个身子,闻见食物的香气如雨后松林里的蘑菇一般鲜美可人。饥饿感翻涌上来,我再也无法忍耐,趁着黑暗爬出。双腿麻木,无法站立,我只能像小矮人一样可怜巴巴地蹲在桌边,伸出一只手在桌上摸索。

指尖碰到一个冰凉坚硬的东西。又是大号牛排刀,阴魂不散的大号牛排刀!

我握刀在手,对其怒目而视。非得找个办法妥善处理不可,若是没有这把刀，这一连串倒霉事也就不会发生。正在环顾四周思考对策时，突然听见脚步声从厨房走来，我本想躲回桌下，又突然想起安安马上会来收拾餐桌。我慌不择路，拖着麻木的双腿向最近的卧室爬去。

钟表"当当"作响，敲响了八下。

十九

卧室漆黑一片，我没走几步，就狠狠地踢到床脚上，身子失去平衡，一头栽倒在床上。

脚趾钻心疼痛，像被整支沃贡人的拆迁队伍强行踱过似的。我张大嘴无声地嘶喊，抓过羽绒枕头紧紧咬住，脑海中陡然浮现出巨大沉重的荒谬感，令人不禁质疑宇宙生命与一切存在的意义。

好不容易等疼痛稍微退去，又突然听见门外有人走来，脚步声踢踢踏踏，如同终结者般逼近。我几乎抓狂，扔下枕头，一个鱼跃跳下床，刚想拉开衣柜门往里躲，脑中却再次响起神的警报，此处躲不得！原因无暇细想，我只得凭借逃生基因的指引，身子卧倒在柔软的高档地毯上，顺势一滚，爬进床下躲藏。

脚步声在继续，慢腾腾地走到床边，我从缝隙中看到两只脚，又是我自己的脚。

"嘎吱"一声，有重物压在床上。

房间里一片寂静，我屏息凝神，不敢发出半点声响。

床上那家伙对我的存在一无所知，依旧安逸地躺着，时间一分一秒地在空气中无声流逝。此时此刻，突然有一个关键词，像小行星撞击木星大红斑一样准确地命中我的大脑：

刀。

大号牛排刀。

今晚九点时将会插入我胸口的大号牛排刀。

今晚九点时将会插入我胸口的大号牛排刀，被我无意中留在了枕头下面。

原来如此！

脑中轰然一片，涌起数公里长的巨大波涛。我不禁懊恼得握拳砸地，却忘了右手被烫伤，剧痛中忍不住发出一声闷哼。

床上的家伙被声音惊动，蹭的一声跳下，鲨鱼一般在屋里睃巡。先是拉开衣柜门搜索，没有发现，又向床边走来。

我尽力地往角落里缩了缩。

一双脚停在床边，慢慢跪下，手抓住床单一角，正要用力掀开。

另一双脚悄无声息地走进来。

螳螂捕蝉，黄雀在后。

寂静的房间里突然爆发出一声惨叫。

我竟幸灾乐祸地松了一口气，暂时安全了。

男人和女人的声音从头顶上方传来。

"你干吗呢？"

"你……你怎么……"

"我来看看你啊。"

我趴在床下默默盘算，该如何逃出这个鬼地方。

"我死心塌地当小三行了吧！可你也不用当着她的面欺负我吧，只有她怕受伤害吗？我就不会痛啊？"

"我……我怎么欺负你了……"

"你自己心里清楚！"

"我哪有欺负你……唉，你们两个，要我的命啊……"

头顶上的床垫发出被挤压的声响，"嘎吱嘎吱"，仿佛巨型沙虫在洞穴里蠕动。我无声地叹一口气，开始手脚并用，慢慢从床底下往外爬。

床上的一对狗男女专心缠绵，对周围一切毫无知觉。我趁此机会潜行到门边，慢慢转动把手。

门无声地打开，我刚松一口气，就看见安安一脸错愕地站在外面。

二十

好巧啊，原来你也在这里。

据说这是自人类发明语言以来，应用范围最广的一句打招呼用语，足以应付任何突发状况，无论是上厕所遇见老板，还是打开衣柜看见没穿衣服的同事。

我曾经写过这样一篇科幻小说，非常短，只有一句话：

"地球上最后一个人坐在屋子里，这时外面传来了敲门声，他拉开门对外面说：'好巧啊，原来你也在这里。'"

此时此刻，看见安安的脸，我脑海里迸出的唯有这句台词。

逃生基因再次切换到自动模式，我上前一步，挡住安安的视线。她刚要开口说什么，我已奋不顾身扑上去紧紧抱住她，顺带反手将门关上。

门内依稀传来说话声。

"什么声音？"

"声音？没有啊。"

"嘘！"

我抱住安安的脑袋使劲往怀里塞，不让她听到这一切。

二十一

趁安安反应过来之前，我硬是将她从卧室门口推到客厅，一把摁倒在沙发里。

"你……"安安惊诧万分。

"我，我太高兴了！"我表情夸张地挥动双手，"老婆，我终于出书了！你不高兴吗？！"

"不是吧，刚才还好好的……"安安伸手摸我额头，"你没事吧，看你一晚上都不对劲儿。"

我推开她的手，"没事没事，我就是……就是高兴……"

"你手怎么啦？"安安突然惊叫。

"啊？手？"我这才想起右手上的纱布，连忙将手藏到背后。

"手没事啊！"

"你手受伤啦？什么时候弄的？我看看，怎么也不说一声。"

"我手没事，真没事，你看错了！"

突然又有人走进客厅，是苏菲。

"唉？！你？"苏菲大吃一惊，"你不是……"

她迷茫地瞪着我，又回头看卧室方向。

"我哦哦哦哦哦哦哦啊啊啊啊啊啊啊啊——"我像疯子一样冲上去拦住苏菲，"哦，对啦，我有个东西要给你看，你……你跟我过来一下，这边，快快快！"

我不顾一切，硬推着苏菲往外走，安安傻呆呆地坐在沙发里看着我。

"志伟，你……"

我回头大喊："你别过来！"

"啊?"

"那什么……"我搜肠刮肚地调动一切脑细胞扯谎,"你去那个厨房……那个……咖啡……对了,煮杯咖啡,快快快!"

二十二

我推着苏菲迅速离开客厅,卧室里还有另一个志伟在,只得拐进书房,还好书房里没人。我关上门,猛喘一口气。

"怎么回事?"苏菲声音有点儿发颤,"你刚才不是才……"她又回头,想出门看个究竟,我连忙一把将她拉回来,为了不让她出声,只好故技重施,抱住她的脸又是一通狂吻。

门外一串轻柔的脚步声经过,安安正向卧室走去。

苏菲从我怀中挣脱出来。

"你搞什么啊?!"

我按住她的嘴,"嘘!"

"你手怎么了?"苏菲看见我的手,也是一惊。

"手?手没事!真的没事!"

"没事你裹纱布干什么?"

"我……我裹个纱布怎么了?碍着你了吗?这是我家,我怎么连裹个纱布的自由都没有了呢?!"

"不对呀，刚才还好好的，就这一眨眼的工夫……"

"我都说了没事没事，你不要想这么多好不好！"

"手给我看看。"

"不给！"

"给我看看！"

"不给不给就不给！"

正相持不下，卧室方向突然传来一声杀猪般的惨叫。

"啊！"

我愣了一下，然后想起另一个关键词。

咖啡。

一整杯滚烫的热咖啡。

我如梦初醒，看着被烫伤的右手，纱布经过一整晚折腾，已经变得又脏又皱，好似木乃伊的裹尸布。

天作孽，犹可违；自作孽，不可活。

"什么声音？"苏菲满面惊诧。

"声音？没有声音啊！"我颤声说。

"我明明听到有声音！"

"真的没有！"

苏菲还想争辩，我万般无奈之下，只好又上前去企图抱住她。

苏菲再次将我推开，这次力气颇大，我被推得后退好几步。还想不屈不挠再次上前，啪的一声脆响，苏菲直接狠狠甩了我一个耳光。

"我知道了，你故意的是吧？"她一脸愤怒地瞪我，恨不得用目光中的高温直接将我升华为等离子态。

"谁，谁故意的，我怎么故意了……"我结结巴巴地辩解。

"当我三岁小孩耍着玩儿呢？啊？至于吗，整这么一堆，你累不累啊？！"

"我没有啊……"

"没有？没有你搞这么神神鬼鬼的？！"

"我……"

卧室方向再次传来带着哭腔的惨叫。

"你……你不要过来啊！"

是那把被遗忘在枕头下的大号牛排刀。

哭声、惨叫声、砸东西的声音断断续续地传来。整个世界如同一根脆弱的宇宙弦，被拉紧、拉紧、拉紧，终于啪的一声，彻底坍缩了。

"糟了！"我忍不住喃喃自语。

二十三

"怎么了？到底怎么回事？！"苏菲也声音发抖，她清楚地听见我的声音从卧室传来。

我用力把苏菲按在椅子里，"你你你……你别动，你在这儿待着，我出去看看。"

我握住门把手轻轻转动，将门打开一条缝，呼的一阵乱响，另一个李志伟像发疯的霸王龙一般从面前跌跌撞撞地跑过。

砰的一声，我把门关上了。

"怎么了？"苏菲问。

"没事！"我颤声回答。

喘了一口气，我再次开门，看见安安手提大号牛排刀，女鬼一般披头散发地慢慢走来，边走边呜呜地哭。

我又要关门，苏菲一把将我推到一边。

"安……安安姐……你这是怎么了这是……"

安安哭得上气不接下气，失魂落魄地向客厅里追过去，苏菲紧跟在她身后。客厅里翻天覆地，各种碎裂声噼里啪啦地响起，仿佛有霸王龙破门而入，要将这屋里的一切碾为齑粉。

疯了，整个世界彻底疯了。我抱着头躲在门背后，发出痛苦的呻吟。

闹腾片刻，声音稍微平息，只听见安安的啜泣声越来越凄厉。我慢慢从书房出来，朝客厅内偷看，只见安安瘫倒在一片狼藉中，苏菲在一旁搀扶着她，神情呆若木鸡。

"这……这到底是怎么回事……"

安安凄厉地嚎了一声："这婚我结不成了！"

不知为什么，苏菲也哭了起来。

我趁她们不注意，闪身从客厅门口溜了过去。

二十四

砰的一声，厕所门关上了。

我蹑手蹑脚地走到门口，耳朵贴上去倾听。各种声音宛如飞船启动程序一般依次响起。拉开拉链，撒尿，冲水，洗手洗脸，哼歌，冲水，冲水，冲水。

终于安静下来。

我鼓起勇气推开门，里面空无一人。

二十五

另一个李志伟消失了。

从这个时间点上穿越回去，我会回到三个小时之前。此时此刻，我又变成这时空里独一无二的李志伟。

不知为何，我长长地舒了一口气。

结束了。

噩梦一般的游戏，终于结束了。

我走回客厅，听见安安还在梦呓般喃喃自语。

"结不成了，这婚结不成了……"

"安安姐，有话好好说……你……你先把刀放下……"苏菲小声说。

安安怨恨地瞪着手中的刀，长吸一口气，大号牛排刀"哐当"一声，落在地上，苏菲连忙把刀踢到一边。刀锋在满地狼藉中一路滑动，刚好停在我脚边。

我低头看着刀，像史前草原上未进化完成的猿猴看着一块黑色碑石，《查拉图斯特拉如是说》的庄严旋律在耳边响起——世界为何而存在，我为何而存在，时间是什么，宇宙又是什么，如何开始，又如何终结。所有问题与答案统统搅作一团，像大爆炸最初的一瞬，没有上下左右前后，没有起因经过结果，没有答案，没有问题。

我有气无力地笑一笑，弯腰捡起刀，向安安与苏菲走去。

"喂，没事了……"

两个女人抬起头，同样用猿猴般迷茫的眼神看着我。

"其实……其实都是误会……"

话未说完，我不小心踩到一小块碎瓷片，向后一滑，大号牛排刀脱手而出，被高高地抛向天空。

在《查拉图斯特拉如是说》庄严神圣的乐声中，时间线被无限拉长。我如同慢镜头一般，缓缓地、轻轻地仰天倒下，倒在一片狼藉的高档实木地板上。银光闪闪的大号牛排刀在天空中翻转、上升，然后掉落。几万年时间流逝了，猿猴进化为人，发明武器，发动战争，杀死成千上万无辜的生命，而我即将成为其中一个。

普普通通的一个。

刀锋准确地插入胸口，划破皮肤，割开肌肉，穿过肋骨缝隙间的薄膜，刺中跳动的心脏，血浆四处喷溅，有如黄石公园火山爆发。一个科幻作家就这样被杀死了，死在世界毁灭之前。

"啊——"安安与苏菲尖厉的叫声划破长空。

我躺在那里，好像被钉在地板上的昆虫标本，四肢不甘心地抽搐了几下。温暖的血浆在身下漫延，淹没了地板上各种碎片，恍如汹涌的洪水，将一片又一片破碎的大陆吞没。

黑暗，黑暗漫天卷地向我袭来，仿佛被黑洞吞噬。黑暗边缘的星星逐渐暗淡，光芒向着一端移动。最终我什么都看不见了，黑暗漫延开来，像遮住眼睛的一块布，把整个世界远远推开。

"志伟！志伟你怎么了，志伟！说话啊！"

"快！打电话给医院！"

两个女人的脚步声匆匆远去，这时墙上的钟刚刚敲响了九下，《婚礼进行曲》宛如星云一般旋转着，弥漫开来、缥缈无依。紧接着，我听见另一双轻快的脚步声渐渐靠近。

逐渐暗下去的视域里，一张熟悉又陌生的脸出现在客厅门口，正惊恐万分地向我望过来。